刘寅斌 著

聚丰园路是一条快乐的街道

上海大学出版社

图书在版编目(CIP)数据

聚丰园路是一条快乐的街道/刘寅斌著.—上海：上海大学出版社，2018.7（2019.12重印）
ISBN 978-7-5671-2878-1

Ⅰ.①聚… Ⅱ.①刘… Ⅲ.①纪实文学-中国-当代 Ⅳ.①I25

中国版本图书馆CIP数据核字（2017）第170600号

责任编辑　傅玉芳　庄际虹
　　　　　　徐雁华　陈　强
封面设计　柯国富
技术编辑　金　鑫

聚丰园路是一条快乐的街道

刘寅斌　著
上海大学出版社出版发行
（上海市上大路99号　邮政编码200444）
（http://www.shupress.cn　发行热线021-66135112）
出版人　戴骏豪
*
南京展望文化发展有限公司排版
上海华教印务有限公司印刷　各地新华书店经销
开本710 mm×1000 mm　1/16　印张14.25　字数193千字
2018年7月第1版　2019年12月第2次印刷
ISBN 978-7-5671-2878-1/I·458　定价　36.00元

前言

聚丰园路是上海宝山区一条名不见经传的街道。它地处上海的西北角，位于中环和外环之间，长约1.6公里。聚丰园路的最东面，是上海大学和一座尼姑庵，最西面，是一个小庙和一栋宏伟的教堂。距离教堂两三百米外，有一处公墓。公墓旁，是一个已开盘的精品豪宅小区。

这条街道上，从幼儿园到小学、中学、大学，教育设施一应俱全。上海大学三万多名学生给这条街道注入了无限盎然的生机。这条街道上，既有沃尔玛、星巴克、肯德基、麦当劳，也有地摊烤串、小商小贩和"黑暗料理"。这条街道上，密密麻麻排列着七八个小区，聚居着好几万人，他们中既有学富五车的教授，也有朝九晚五的白领，还有群租的打工妹……

当更多的人们在追求诗和远方时，我尝试着将镜头和聚光灯对准这条街道上的普通人。在镜头下和笔触间，充满欢乐，暗含忧伤。这里既有歌声，也有哭泣；既能体察到烈火烹油般的繁荣，也能关注到寂寞角落里无声的叹息。在这条街道上，我们看到了全球化的缩影、中国经济转型的阵痛以及高速发展的城市给普通人带来的希冀和焦虑。

没有人会太在意这条街道，它既不出名，也不代表什么。但我只想记录下此时的中国，此刻的上海，一条普通街道上正在行走的人和正在发生的事。这些人或许是您的朋友，或许是您身边那个擦肩而过的人，或许就是您自己。生活在上海，我们可曾真的认识那些生活在我们身边的人们？我们可曾真的熟悉自己生活的街道？我们可曾真的了解身边的这座城市？

此刻，聚丰园路上人来人往，这里依然是一条快乐的街道[1]。

刘寅斌

2018年5月1日

---

[1] 本书书名，经诗人胡桑授权，取自其同名诗《聚丰园路是一条快乐的街道》。

目 录

01 月收入2 500元的上海便利店阿姨们,她们的生活,你能想象得到吗? ………… 1

  全上海,估计有上千家24小时营业的便利店。
  这家位于聚丰园路上的连锁便利店,有好几位四十多岁的阿姨:A阿姨、B阿姨、C阿姨。
  她们的月收入2 500元。
  她们的老公都是出租车司机。
  她们,或者她们的老公,都喜欢打打小麻将。
  这个城市里,太多的人,收入比她们高。但是,谈到幸福感,便利店的阿姨们,可能会超过这个城市里的很多人。
  在上海这样的城市里,她们的幸福感来自哪里?

02 两个中产阶层家庭之间的差距,是如何形成的? ………… 12

  Linda,38岁,欣雨,39岁,她们是大学时代的闺蜜。
  大学毕业后,一个去了上海,一个去了北京。
  2016年,Linda卖掉上海和深圳的房子,换了深圳一套900多万元的学区房。
  2016年,欣雨带着两个孩子生活在美国,其家庭资产总额保守估计,超过6 000万元人民币。
  两个大学时代的闺蜜,她们之间的差距是如何形成的?

今天的中国,中产阶层家庭的标准到底是什么?
中产阶层如何看待自己的中产阶层身份?

03 月入近3万元的小D,卖掉了上海的房子,选择离开！............ 25

小D,著名互联网公司产品经理,月收入3万元,为何选择逃离上海?
永不停歇的换房游戏,到底谁是赢家?
户口、房价、教育、医疗、二胎、养老带来的现实问题汹涌而来,普通人将如何应对?
逃离北上广的背后,是对现实的妥协,还是明智的解脱?

04 外企风光不再,他们选择移民............ 35

Della家庭年收入近200万元,为何选择离开外企,远赴加拿大重新开始?
昔日热闹红火,如今陷入裁员漩涡,外企今日风光不再?
选择移民,能否解决房价看空与房价暴涨之间的矛盾?

05 我在上海做月嫂,两个儿子在老家念私立学校............ 44

离开老家,跟随丈夫来到上海,工作经历丰富的她,对事业有着自己的坚持和想法。
两个孩子留守在家,读私立学校,她和丈夫努力工作,创造良好的学习环境,有自己独特的教育理念。
关于未来,她没有迷茫,坚信有耐心就能成事。
在这位普通月嫂身上,都有着哪些不普通的生活哲学?

06 神州专车司机:为了家庭,我只能逃离东北............ 52

上有老,下有小,一个东北大老爷们为什么跑到上海来开专车?
每天早晨4点出车,夜里12点收车,一个月能挣1万多元。除了吃住,每个月至少给东北家里寄1万元。这个东北籍专车司机为何如此玩命地工作?

未来在他的眼里,是个什么样子?

07　一个上海阿姨的家长里短............ 62

这是一个再普通不过的上海大家庭。

老父亲,部队里的厨师长,以军人作风管理家庭,说一不二;

老母亲,邮政局的干部,退休前从不着家,年年评先进;

姐姐,1965年去新疆支边,在农场苦了30年,1995年退休,和姐夫一起回到上海;

姐姐家的女儿,1岁起,就住在上海,跟着外公、外婆生活,她后来的人生怎么样?

姐姐家的老大,跟着父母留在新疆,这个不爱读书的聪明孩子,他后来怎么样了?

我是家里小女儿,结婚后住在娘家,帮着爸爸、妈妈烧饭,带小因,料理家务。

后来,我有了自己的女儿。我的女儿结婚后生了两个小因,原本很有才华的女儿,没法上班了。她的日子怎么过?

我最亲的弟弟,1998年,发高烧,走了,留下一个6岁的侄子。第二年,弟媳改嫁,把侄子留给了我的爸爸妈妈。小侄子的未来,会怎么样?

几十年风风雨雨,一个上海阿姨的家长里短……

08　这个90后女生的2016,比好多人的一生都精彩!............ 77

赛尔用21天的时间练出腹肌,两周练出三角肌。

赛尔开了一家西餐厅,生意红红火火。

赛尔先在一家意大利小众奢侈品公司做实习生,一个人干两个正式员工的活;后在网易新闻做实习生,一个人干N个人的活,有机会对接中国最著名的四十多档综艺娱乐节目。

赛尔参加全国大学生电子商务"创新、创意及创业"挑战赛,获得上海

聚丰园路是一条快乐的街道

赛区一等奖。

赛尔为阿里巴巴拍了一个视频广告,为New Balance拍了一个平面广告。

赛尔去山西看壶口瀑布,去柬埔寨看吴哥窟,在云南的洱海边筹划开个客栈。

这个1992年出生的女孩,她怎样度过连轴转的2016年?

她的2017年,又有什么样的计划呢?

9 一个上海小家庭的幸福、焦虑和渴望............ 99

这是上海的一个普通小家庭。

丈夫:伟忠,37岁,某世界500强通信公司无线通信产品技术经理,硕士学历,毕业于上海交通大学。

妻子:俨如,37岁,某世界500强快消品公司渠道经理,硕士学历,毕业于复旦大学。

女儿:安安,8岁,小学二年级学生,曾就读于某国际幼儿园。

安安刚上小学的时候,学习跟不上,作业做不完,每晚临睡前,常常会紧张地问妈妈:"妈妈,我的作业全做完了吗?"

在那段时间,每天早晨起床,安安总会情绪低落,哭着闹着,不愿去上学,俨如、伟忠将如何应对?

作为独生子女一代人,俨如、伟忠离开家乡,外地求学,最后就业定居在上海,他们最大的焦虑是什么?

10 钟点工蔡阿姨买房记:眼看房价从7 000元飙到2万元............ 115

蔡阿姨,53岁,江苏盐城人,聚丰园路小区的钟点工。

蔡阿姨夫妇早年是江苏盐城某国有企业的职工,先后下岗。为了供女儿念大学,夫妇俩来到上海。

花桥是江苏距离上海最近的一个镇,也是上海地铁11号线的终点站。

2013年,蔡阿姨在花桥买了套93平方米的新房,从2013年到2016年,这套房子,单价从一平方米7 000元涨到2万元,总价涨了整整120万元。

11 最后的磨刀人............ 119

> 一个72岁的磨刀老人，19年来坚持为人磨刀，自力更生为哪般？
> 月收入2 000元，如何与老伴一起在上海生存？
> 磨刀人已老，磨刀事业是否后继有人？

12 一个不会说话的女生，当被上海善意相待时，她的每一幅画，都能看到欢乐，听到笑声…… 125

> 张曼的世界中，从小就没有声音。
> 她凭着手中的一支画笔，来到上海。
> 在这座城市里，她会碰到什么样的人？
> 在这座城市里，一个不会说话的女生，能找到自己的未来吗？

13 跑马拉松的时候，我们在想些什么？
——我和学生们一起跑完了半程马拉松............ 136

> 一群年轻的大学生在参加完马拉松比赛后，他们在想些什么？
> "从来没跑过那么远的距离，身体到达极限后，每跑一步，都是进步，每多一米，都是新纪录。"
> "刚开始，我以为最多能跑8公里，没想到能拿下半马，成绩为2小时46分30秒。很多事情，想着想着就get了。相信，还是要相信，一直要相信。精诚所至，金石为开。"
> "队友！伙伴！步调节奏，呼吸频率一致，共同前进、前进！向前、向前，不停歇！"

14 大时代洪流下的一艘小船：一个家庭的小三线变迁史............ 147

> 20世纪60年代，为了应对来自苏联和美国的双重军事压力，全国各地成千上万的人，响应国家召唤，打起背包，告别城市，钻进大山，建设三线。

  我的外公，就是在那个时代，从重庆去了山东沂蒙山。在随后的几十年中，整个家庭，跟随大时代的洪流，从西到东，又从东到西。时至今日，家庭成员分散四方。

  曾经有一群人，因为共和国的需要，他们付出青春与岁月，甚至是生命的代价。对他们来说，一个强大的国家，比自己的生命更重要。

15　90后小伙子去智利打天下………… 163

  沈非凡，浙江人，1994年出生，2016年毕业于上海大学。在上海工作一年后，2017年4月，他前往智利，进入家族企业工作。

  非凡不仅继承了老一代浙商敢拼敢闯的狠劲，还有着很强的学习能力和广阔的国际化视野，新一代浙商正以完全不同的面貌登上舞台。

16　2017年，我走遍半个中国，卖了100万个苹果………… 174

  2015年，还在念大学的小满开始创业，吃过各种苦头。坚持卖好产品的理念，始终没有动摇过。

  越来越多的人意识到，苹果不如小时候的好吃，苹果也越来越不甜了，但很少有人主动去寻找原因，也几乎没有人试图改变它。

  小满走遍中国几乎所有的苹果产区，终于在新疆找到了最甜的苹果。2017年，小满开了淘宝店，卖出去100万个苹果，赚到人生第一勺金。

17　电子竞技世界冠军来到大学课堂——当李晓峰成为SKY………… 185

  李晓峰，来自河南一个小县城的少年，为了成为金庸小说中的大侠，曾梦想去少林寺习武。习武之梦未成，却在游戏世界中找到"大侠"的感觉，并走上电子竞技职业选手的道路。

  日复一日每天18—20小时的训练，最困难的时候就靠一天一个水煎包支撑，李晓峰从一个普通的游戏爱好者成为2005年、2006年WCG世界冠军、2007年世界亚军，并因此被电竞爱好者尊称为"中国电竞第一人"。

2017年10月30日，李晓峰来到上海大学的课堂，和同学们分享他的游戏人生。

18　那些人到中年才明白爱的人............ 201

旅居美国的Z君，20世纪90年代末大学毕业，2000年赴美留学，目前任某飞机制造公司工程师。2018年周末的一天，在西雅图机场，偶遇二十多年音信全无的大学时代初恋女友……

20世纪90年代，L君和W君是就读于某985高校的同窗好友。大学毕业那年，在首都机场，W君送女友去美国。女友决绝地对W君说，千山万水，永生难见，不必再联系。登机前，女友突然转身，对W君说，如果20年后，你还记得我，来找我吧！2017年，距离机场一别，已过去整整20年。在这20年里，W君和女友没有任何联系。W君现在是某大型民营集团的董事长，好朋友L君任职于某高校，而W君的女友移民加拿大。2017年夏，W君拉上L君，一起飞往温哥华，去兑现那个20年之约……

小D在澳大利亚读研究生时，曾和一位俄罗斯姑娘相恋。2007年毕业后，小D回到广州，俄罗斯姑娘去了莫斯科。仅半年时间，两人就从无话不谈发展到无话可谈，他们平静地选择了分手。2017年，小D乘飞机去法兰克福，从莫斯科转机。在莫斯科机场下飞机的那一刹那，他想起了俄罗斯姑娘。通过Facebook，小D找到俄罗斯姑娘的联系方式，并拨通了她的电话……

后记............ 209

01 | 月收入2 500元的上海便利店阿姨们，她们的生活，你能想象得到吗？

聚丰园路上，有家24小时的便利店，是我常去买东西的地方。去得多了，和里面的阿姨便熟络起来。

2016年的一天，我去店里买东西，热情的C阿姨和我聊起来："你们大学老师工作老好的，整天不用上班，钞票也挣得多。我们挣一年的钱，只顶得上你们一个月的吧？"

我是个好奇心重的人，接着话茬，问C阿姨："那您一个月挣多少钞票呢？"C阿姨一边操作收款机，一边应答："我们不多的，一个月2 500元钱，一年3万元钱。"

便利店的阿姨们，平时上班，做二休二，工作两天，休息两天，周而复始，循环往复。工作的两天，每天工作12个小时。第一天，白班，早晨7点到晚上7点。第二天，夜班，晚上7点到早晨7点。2016年，上海的最低工资是2 190元，便利店阿姨们的工资是2 500元，单位代缴四金。

每天从早到晚，便利店里人流不息，阿姨们几乎没有时间停下来休息。只有到了下半夜，阿姨们才有机会，坐下来喘口气。

便利店的屋顶，一根接一根地排满白炽灯，无论白天黑夜，店里始终明亮通透。客人进来，自然心情愉悦，但是，对在店里要待上12小时的阿

聚丰园路是一条快乐的街道

姨们来说,如此明亮的灯光,足以扰乱她们的生物钟和作息规律。

冬天,冷风跟着进出的客人,不时地从门外涌进店里。时常见阿姨们冻得脸颊通红,抱着水杯取暖。我曾经问一位阿姨,为什么不开暖气?阿姨说,公司怕温度太高,融化了店里的巧克力。原来,夏天允许开空调,也是为了巧克力和食物,而不是为了让人舒服点。

好多个深夜,我出差回来,路过便利店,总能见到阿姨们在里面忙碌。深夜是盘点库存、结算账目的时间。一个24小时营业的便利店,总有很多事要做,总有很多活要干。

2017年春节,来店里买东西的人少了很多,我终于有机会,和阿姨们聊聊她们的家庭、她们的生活以及她们如何来到上海这座城市?

A阿姨　苏州人　48岁

阿拉爸爸很早就到上海了,他的单位在上海重型机器厂。我妈妈一直在苏州乡下头,屋里厢全是小姑娘。在乡下头的时候,我谈过一个朋友,阿拉爷娘坚决不同意,他们说我将来要去上海顶替工作,不能被乡下的小赤佬耽误了前程。

1990年,我21岁,我爸爸60岁,到了退休年龄。几个姐姐已经在苏州乡下结婚,我是最小的一个,就来到上海,顶替我爸爸的工作。我来上海的时候,已经是上海最后两批可以顶替爷娘进厂的辰光。姐姐们羡慕,朋友们羡慕,都说我攀了高枝,进了大上海,福气老好的。乡下谈恋爱的青年也说,不耽误侬去上海发展的好机会,我们和平分手吧。

在上海,我爸爸一直借房子,住在曹家渡。按照就近安排的原则,我被分配到曹家渡附近的上海棉纺厂。当时苦呀,我一个小姑娘,一个人在上海,朋友嘛,没!钞票嘛,没!什么都靠自己。生个毛病,躺在集体宿舍,小姐妹们上班去了,连个倒杯热水的人都没有。

来上海半年多,认识了我老公,他刚从上海郊区的嘉定顶替他爸进厂。我老公大我8岁，工龄比我还少半年。我看他年龄大，人又老实，所以，恋爱没谈多久，我们就结了婚。他家在嘉定乡下有房子，在城里没房。

我一个乡下来的小姑娘，哪里懂得结婚要看男方有没有房子。再说，就是有人跟我讲，我也听不进去。那个辰光，有个人能知冷知热地照顾我，我就很知足了，哪里还管他有没有房子。

我们双方的家庭条件都不好，结婚的辰光，完全白手起家，双方家庭都没给过一分钱。厂里在集体宿舍安排了个单间，我们俩把被子往里头一扔，就凑成一个家。

1993年，儿子出生，没法继续住集体宿舍，我们就开始在厂子外面借房子住。当时钞票少，从借的房子到厂里，老远了。虽然上下班苦点，但每天下班，回到屋里厢，一家三口，小日子过得也老开心的。

1996年，棉纺厂倒闭。当时，整个上海的棉纺企业全部关门。厂里发通知，工龄15年以上的老职工，统一安排再就业，其他人统统一刀斩断，我和我老公各拿到2 000多元钱的遣散费。我师傅才亏呀，她工作13年，也是一刀斩断，13年工龄加到一起，遣散费才1万多元钱。

棉纺厂关门后，我在永和豆浆店当服务员，我老公给私人老板打工，挣的钞票不多，屋里厢的存款，也就只有厂里厢发的4 000多元的遣散费。

眼看着儿子快满3周岁，马上要到上幼儿园的年龄了。幼儿园跟着户口走，我和老公都是棉纺厂的集体户口，借的房子好远，不买房子，上幼儿园，包括以后念小学，都是大问题。那时，我就想，勿管哪能，一定要先买个房子。我老公笑我异想天开，家里没多少积蓄，我们夫妻俩又双双下岗，哪来的钞票买房子？

我不信这个邪，到处找人，到处想办法，结果还真让我找到了门路。我老公的一个远房亲戚，住在新客站附近，他们家那片传出马上要拆迁的消息。我晓得后，觉得是个机会，就怂恿老公去探探消息。

男人好面子，加之平时往来不多，死活勿肯去，当然，我知道，就算

聚丰园路是一条快乐的街道

去了,他面子薄,也开不了口。我也是爱面子的人,可是儿子马上要念幼儿园,容不得耽误。我买好礼物,厚着脸皮,登门拜访,谈好条件,一家三口,把户口迁进去,给4万元钱。我们借遍了所有亲戚,嘉定、苏州跑了好多回,落了无数眼泪,总算凑足4万元钱。

那时的拆迁补偿,按人头来,多一个户口,亲戚家没任何损失。我老公的户口刚迁进去不久,政府就正式公布拆迁消息。还没等到我和儿子的户口迁进去,整个片区的户口办理就冻结了。

我当时想,说好的是一家三口全进去,给4万元钱,现在只进了一个户口,给一半,2万元应该足够了。结果,给了2万元之后,正式拆迁那天,老公的远房亲戚一家人,上门来要剩下的2万元。还好我没急着把钱还回去,要是急急忙忙还了钞票,还真勿晓得会哪能。那个辰光,阿拉夫妻俩咬着牙,把剩余的2万元给了他们。

拆迁补偿,有两个方案:一个是给7.5万元买断,一个是分房子。我们要了聚丰园路上一套两室一厅、70平方米的房子,也就是我们家现在住的地方。

当时的聚丰园路,不要太荒哦,附近全是农田,公交车站都没有。最近的站头,要走20分钟,到南大路才有。不过,我很知足,总算在上海有了自己的家,高兴得不得了。借来的钱,用了五六年的时间,总算慢慢还清。

现在,每逢过年过节,我们一家人会提着礼物,去看望老公的远房亲戚。我常跟儿子讲,人家帮助我们的恩情,要记一辈子。我家这房子,现在能卖到350万元。要是现在买,哪里买得起?

儿子后来在家附近上了幼儿园。

我和老公两个人文化程度低,辅导不了儿子的功课。我儿子念完初中后,上了中专,现在在一家国有企业上班。我儿子乖得很,不抽烟,不喝酒,下了班就在家里白相电脑,从来不出去野,一百样都好,就一条不好,勿喜欢读书。他自己不要读书,我和他爸爸也没有办法。他赚钱不多，一个月4 000多元，交给我3 000元。

我儿子今年虚岁25岁，恋爱都没谈过。他就跟个小孩子一样，还没长明白，完全不开窍。我看着，着急死了。他却说，还没玩够，不要谈女朋友。我总催他去相亲，他就是不肯去。催得多了，我自己都烦。算了，让他去吧。

搬到聚丰园路后，我老公在人家工厂里做过工，干过保安，都挣不着什么钞票。我一直叫他去开出租车，他始终不肯。2007年，他总算想通了。2007年，我老公46岁，开始学开车，然后开出租。那时候，学好车就可以开出租车，不像现在有年限要求。

我老公开出租已经整整10年，前几年还挣了些钱。这几年，钱越来越不好挣，年龄上来后，慢慢也有点开不动了。这一两年，一个月下来，拼死拼活，就只能剩个五六千元钱。

有了新家之后，我先是在一个大卖场上班。2007年，聚丰园路上开了这家便利店，我就开始在店里上班。从店里走路到我家，也就10分钟。

现在，在嘉定乡下，我老公有自己的私房，等着拆迁。我妈妈在苏州，前几年拆迁，拿了几套房子，留给我一套。我和老公商量好了，我们退休以后，要么去嘉定，要么回苏州。我们在上海的这套房子，留给儿子结婚用。

前一阵，回苏州老家，小时候的姐妹问我，如果人生可以重来一次，我还愿意来上海顶替吗？我当场叫起来，谁愿意去谁去，我再也不去了。当时，看着风风光光，哎哟哟，了不起，去上海了，去大城市了，哪个晓得，要吃介许多苦，受介许多罪，还不好意思和人讲。我的几个阿姐，嫁人留在乡下，后来赶上拆迁，分了好几套房子，拿了好多钞票。现在又有房子，又有钞票，日子过得勿要太惬意。

人这一辈子，没有后悔药。现在是我最开心的时候，平常来便利店上班。不上班的时候，搓搓小麻将。人要想清爽，不能把自己闷死。

聚丰园路是一条快乐的街道

B阿姨　崇明人　45岁

我和老公是土生土长的崇明人，1995年结婚。来上海市区之前，我老公在崇明的国有农场开大型收割机，一年1万多元钱。我在大队中学门口开了家小店，守着五百多学生，卖早点、零食、文具，薄利多销，生意还不错。忙不过来的时候，我婆婆还帮忙来看店。2000年，大队中学合并到镇上，经营了6年的小店就干不下去了。

小店关门之后，我跟着老公，来上海打工。老公开出租车，我在一家商场卖儿童产品。卖了几年童装童鞋，老板撤柜，我就待在家里，专门给老公烧饭。空闲的辰光，去棋牌室打打牌，打发时间。

刚来上海的时候，我们住的房子就借在聚丰园路新开河桥边。那个辰光，聚丰园路靠近上海大学这边的当代高邸、学林苑，还没开始造。住了一年，房东说要卖掉，我们搬到聚丰园路的锦龙苑。锦龙苑住了两年，房东说房子要给儿子结婚，我们又搬到聚丰园路上另一个小区——祁连二村。在祁连二村，刚住满一年，房东要涨房价，我们又搬家。搬家后，住了不到一年，房东说房子要派用场，我们又被赶走。

那些年，年年搬家，我都搬怕了。我就跟老公商量，干脆买个房子吧，搬家搬得我烦死了。2007年8月，我们在祁连二村买了套两室一厅的房子，总价52万元，面积78平方米，两房朝南。房型不错，就是房龄老一点。2007年，上海房价已经开始上涨。如果我们4月份买的话，还能省10万元钱。可惜，买晚了几个月，白白浪费了10万元。

我老公家，就他和一个妹妹，妹妹早就嫁人了。买祁连二村的房子，公公给了我们10万元钱。当时，胆子小，没眼光，不敢借钱，就全款买了房子。现在想想，好后悔的。学林苑、当代高邸，那个时候才刚造起来。如果胆子大一点，贷点款，要么在祁连二村买两套房子，要么就在学林苑买个电梯房或三室一厅的大房子，都蛮好的呀，现在也都翻好多倍了。我们没文化，看不到那么远。

我老公跟我讲，没关系，买了就好，要是当时没买，现在再买，一辈子都买不起。2014年，我们在崇明乡下，挨着以前的老房子，盖了两层楼的新房，好几百平方米，用了35万元。家里只有公公婆婆两个人，有的是房子。老房子租给在崇明养田螺的老板，一年的租金1万多元钱。

在老家盖房子，是留着以后给女儿办婚礼用的。上海这边结婚，在饭店，吃晚上一顿饭就好了。我们崇明乡下，正宗的婚宴，都在自己家里吃，至少要吃三天饭。第三天，全家人一起吃馄饨。有的人家，姐妹来吃饭，吃一个礼拜的都有。崇明的新房子造好了，就一直空关着，没有装修。等到我女儿正式谈朋友，我们就准备把它好好装修一下。

我女儿今年22岁，在一所高职学院念书，今年毕业，刚考上东方航空的空乘。最近，已经开始正式飞行，好累，好辛苦。昨天凌晨4点多就起来，她爸爸开车送她去虹桥机场，一整天飞了4趟，上海飞青岛，青岛飞哈尔滨，哈尔滨回青岛，最后从青岛飞回上海，晚上到家已经10点多了，她爸爸心疼得不得了。

空乘这份工作，女儿喜欢，就让她先干着，等哪天不喜欢了，就换个工作，反正也不靠她养家。我和老公现在最着急的是女儿至今还没谈朋友，小姑娘年龄大了，拖不起呀。

我们就一个女儿，家里的房子、车子，都是留给女儿的。我们不要求男方多有钱或是多大的老板，只要男孩子本本分分，有稳定的工作，对我女儿好，就可以了。

C阿姨　崇明人　45岁

来上海之前，我先在崇明老家的五金店里干活，后来在崇明棉纺厂做过工。五金店关门，棉纺厂倒闭，我就换个工作。有事，就干干，没事，就在家烧烧饭。

聚丰园路是一条快乐的街道

2000年,我老公和三个好朋友一起约着来上海学驾驶,后来一起开出租。老公起早摸黑开出租,辛苦得很,还要自己买菜烧饭,人吃不消,他就叫我不要做工了,来上海,给他烧饭。

刚来的时候,我就待在屋里厢,负责买菜、烧饭,等他收车回家吃饭。开出租车好辛苦,我老公舍得卖力气,天不亮就出门,经常干到第二天天亮才回家。在家里烧了几年饭,我就想着要找个事做。挣多挣少,没关系。挣一个,是一个,就算挣个房租,也比闲待在家里好。另外,我也可以和社会接触一下,天天在家烧饭,什么事都不晓得,老公都会嫌弃我。再说了,买菜烧饭,本身也用不了多少辰光。

后来在110路公交车终点站附近,我找到一个老板,帮他卖羊毛衫。羊毛衫生意,天热就不做,一个月挣1 000多元钱。卖羊毛衫的时候,认识一个卷头发胖姐姐,她爱到我们店里来嘎三胡,一来二去,我们也熟悉了。

有一天,我问胖姐姐,你整天不上班,老公挣钞票很来赛吧?胖姐姐说,她是在便利店工作的,做二休二,一半的时间不用上班。我当时心里就在想,还有这么好的工作?就问胖姐姐,钞票多不多?胖姐姐给我说了她的工钱,哎哟哟,比我卖羊毛衫舒服多了。我就跟胖姐姐讲,你们那里还要不要人?碰到要人的时候,记得跟我说一声。

2009年,卷头发胖姐姐介绍我进了便利店上班,我就一直干到今天。

2000年,我刚到上海的时候,我老公借的房子就在聚丰园路上。当时,这边好偏僻,做梦都想不到会变成今天这个样子。那个辰光,我们借的是农民的私房,400元一个月,没敢借公房,主要图私房便宜。住了不到两年,这一片的私房拆迁,我们只好借公房,借在聚丰园路的锦龙苑。我们崇明来的两家人一起借,一套房子600元,两家人平摊。上海的房租每年都在涨,越涨越贵。到后面,住都住不起了。

儿子考上大学之前,2006年,我们在崇明乡下,花了45万元,造了上下三层楼的小别墅。我们把公公家的三间老平房推倒,新盖了两间大平房。大平房是准备留给儿子婚礼时,办酒席用的。

我们崇明乡下，结婚早。结婚酒都摆在自己屋里厢，最少吃三天。自己家的姐妹，吃的时间还要长，一直吃到菜全部吃完为止。有些人家，吃半个月的都有。我们当时考虑，既然有点钱，就早点准备起来，反正都是儿子结婚用得上的东西。早点盖起来，早点了个心事，越往后面越贵呀。

以前，我们根本没想过要在上海买房子。总想着以后老了，就回崇明乡下去养老。2012年，我儿子考上外地的大学。我一看，不行，要出事。读完大学，儿子要回上海来工作。我们还没有给他准备房子，以后，谁家的小姑娘肯嫁给他呀。一想到这事，我就发慌，心急火燎。

在崇明老家造房子，把家里的老本吃光了，根本没钱在上海买房子。眼看上海的房价像过山车一样，越涨越凶，越涨越高，混到2014年，我跟老公商量，再不买，儿子就要回来了。没有房子，谈朋友都谈不上，这不行的。

我们到处看房子，商品房都太贵。2014年下半年，我们在聚丰园路西边买了套商住两用房，58平方米，挑高4.5米。装修后，房子做成两层，楼上2个房间，楼下1个房间，外加一个客厅、餐厅、厨房和卫生间，使用面积也有一百多平方米，不算小。

买房子的时候，婆婆给我们10万元钱，老公的姐姐借给我们一些，加上我们夫妻俩这些年的存款，70万元的房款，我们一次性全部付清。之所以付全款，是考虑到以后如果要买第二套房子，没有贷款，限制会少一些。2016年年底，这套房子已经涨到140万元。平时，我和老公住在里头。等到儿子将来结婚的时候，这房子就给他。他如果喜欢，可以重新装修一下。他如果不喜欢，就卖掉它，换个其他房子的首付，随他自己的心愿。

2016年，我儿子大学毕业，通过公务员考试，考回上海。我家的这个小囡，今年实足23岁，按我们崇明人的算法，虚岁25岁了。别人都夸我儿子养得好，很听话，不抽烟，不喝酒，从来不去网吧，也不在外面瞎混。高中是在崇明排名第二的中学念的，高考填志愿，我们也不懂该怎么

聚丰园路是一条快乐的街道

填,没填好,就去外地读了四年大学。

我儿子从小就孝顺。小时候,在聚丰园路的肯德基买个汉堡,也要带回崇明去,让爷爷奶奶吃一口,尝个味道。所以,我公公婆婆特别宝贝这个孙子,他一回上海,就给他买了辆车。老公姐姐家日子过得好,家里钱多,也喜欢我儿子,经常给他钱。

前段时间,儿子谈了个朋友。小姑娘人很好,家住浦东,我和我老公都见过,很满意。在崇明乡下,像我这个岁数的人,很多都做奶奶了。

照我的想法,最好就是早点结婚。他一天不结婚,我的心就多悬一天,着急得很。他结了婚,我也就了了一桩心事。

今年春节,在崇明老家过年,我老公开玩笑说,要是2006年,拿家里造房子的钱,在上海买房子,现在已经翻好多倍了。

我跟老公讲,谁一辈子能算得那么精呢?现在不也是很好的吗?崇明有房子,上海有房子,儿子回到上海,也有稳定的工作,还谈了朋友,家里老人身体都好,我们还能给儿子再挣几年钱。过两年,儿子结了婚,生个娃娃,生活还会更好。想想,都要笑醒。

三言两语的题外话	
风火轮	"想想,都要笑醒"……人生如意不过如此……
林少华	看看别人的故事,想想自己的故事,修身齐家不外如此,简单,善良,勤劳,健康,幸福如此直白。
淡淡	我是一个知青子女,16岁回沪,老公也在开出租车,自己拿着和便利店阿姨差不多的收入,知足常乐,感觉只要一家人每天能在一起就是幸福,就是快乐。

三言两语的题外话

祖国的祖
看完三个阿姨的故事,心很暖,虽然在上海挣得不多,但知足常乐的好心态,幸福感满满的感觉,让人羡慕。

Shaine
看到阿姨的最后一句话,真的是要哭出来,长长的一辈子就在时代和社会的洗涤下变成了最幸福的样子。不禁感叹,生活啊……这是最好的时代,也是最坏的时代,希望阿姨们都能在未来的日子里平安喜乐,广场舞跳起来,小孙子抱起来。

小雨雨水儿
我刚毕业那会儿,2003年买了自己的第一套房子,8万元,2007年卖掉,换了深圳价值58万元的房子。2008年,找了男朋友是上海人,2009年结婚,手头2万元,到处借钱,在上海买了第一套,70万元,两室一厅。生了孩子不够住,2013年卖了深圳房子,付了上海第二套房子的首付款,总价380万元。现在两套房,一套自住,一套出租。说来参加工作到现在就是为房子奋斗,一直当房奴!唉,还好,买得早,换现在哪里买得起?

吴小羊妈妈
喜欢刘老师的文章,就是因为仨字:接地气,让我不禁想起了金宇澄的《繁花》。背景、年代不同,人物不一,但同样是上海市民,普通家庭在时代变迁中的起起落落、分分合合。如果不是关注了刘老师的公众号,或许聚丰园路都没有进入大众的视野,对于一个常住人口2 500万人的城市而言,真的是每一条马路都有着自己的故事。

02 两个中产阶层家庭之间的差距,是如何形成的?

Linda一家

妻子:Linda,成都人,38岁,某顶级互联网公司高级总监;工作地点:深圳。

丈夫:建筑设计师;工作地点:上海。

女儿:果果,5岁,由外公、外婆照顾。

Linda夫妇,家庭年收入120万元人民币,在深圳、上海,各有一套两室一厅的房子。他们在上海的家,位于宝山区的聚丰园路。

欣雨一家

妻子:欣雨,武汉人,39岁,Linda的大学室友、闺蜜,全职妈妈,育有两个宝宝,一儿一女,现居美国。

丈夫:某投行副总裁;工作地点:北京。

欣雨夫妇,家庭年收入300万~500万元人民币之间。在中国的北京、上海、天津、苏州、杭州、武汉以及美国,其名下或双方父母代持的房产(双方均系独生子女),粗略估计在10套以上,家庭资产总额保守估计在6 000万元人民币以上。

大学时代：两种不同的存在

在西部一所著名的财经大学，Linda和欣雨在同一个宿舍中度过了四年的大学时光。

"那个时候，欣雨是典型的傻白甜。又傻又白，长得又甜，对谁都好，好多男生追她。"Linda说。

欣雨："Linda总是笑我没脑子，不像武汉人。我常跟她讲，不是每个武汉人都是九头鸟，也有长一个脑袋的，比如我就是。"

大学时代，Linda和欣雨是两种非常典型而又不同的存在。

Linda努力、勤奋、积极，对自己要求严格，对未来有明确规划，每门功课必须要考高分，各种证书一个不能落下，担任学生会主席、社团负责人，风风火火、热热闹闹地度过四年大学时光。毕业后，先去上海，后去英国，再去了深圳。

欣雨相对慵懒一些，正常上课，从不上自习，但也从不挂科，分数自然也不高。该考的试都能通过，无论四级、六级，都是一次性通过，分数不高，明显属于那种只要努把力，就还有进步余地的孩子。大一去过两次图书馆，之后再也不去了。刚进大学，还是懵懂少女，就被一个来自北京的二年级学长狂追，开始初恋。大学毕业，跟着初恋去北京，工作、结婚、生子、移民去美国。

Linda的三城记：上海—深圳—成都

作为公司核心业务条线的主要负责人，2016年，Linda整整飞了75次，平均每周1.5次，"彻底飞恶心了"。飞来飞去的日子里，5岁的女儿果果只能交给外公、外婆照顾。Linda的父母不喜欢深圳潮湿溽热的气候，一年中，一半的时间在成都，一半的时间在深圳。

聚丰园路是一条快乐的街道

几乎每个月,Linda都有机会飞到上海出差。在上海的日子,也是夫妻团聚的时光。纵然团聚时光如此难得,Linda还必须把它掰成两半来用。

5岁的女儿到了最需要妈妈陪伴的时候。每次到上海,Linda常常在拜访客户后,跟老公草草地碰面,两人一起吃个便饭,说几句闲话,就匆忙赶去机场,飞往成都或者深圳,去陪女儿。

有时候,和老公一起吃饭,也会变成一件奢侈的事情。"上周,我从杭州去上海。我老公提前到客户公司楼下的星巴克等我。客户谈high了,对方的董事长亲自出来接见。会议时间延长了1个半小时,等会议结束,我已经没时间和老公吃饭了。他一句埋怨的话也没说,把给宝宝买的乐高玩具和一只洗好的苹果,往我包里一放,然后,拉着我的手,送我上了出租车。"Linda拿出纸巾,擦掉眼角涌出的泪。

"他对我越好,我越是觉着内心有愧。他的工作很忙,在公司里,他也是个leader,最近刚刚接手一个海湾国家的大型石油园区规划项目。他连送我去机场的时间都没有,公司里有一大摊子事、一大堆人,在等着他。我也是没办法,身不由己。一头是老公,一头是女儿,哪头都放不下。更多的时候,只能委屈老公,顾着女儿。"

"我们一家五口人,分布在相距一千多公里的三个城市。我既是妻子,也是母亲,还是女儿,每个角色的责任都很重。我的精力有限,除了家庭,还得忙事业和工作,最对不住的还是我老公。"虽然Linda一家在上海有自己的房子,但为了工作方便,在上海出差的日子里,大部分时间,Linda还是会选择住在酒店。

"有个周末的晚上,我住回上海的家里。第二天早晨,我老公送我去机场。在小区的电梯间,楼上的老阿姨一直斜着眼睛瞟我,看得我浑身发毛,好像我是小三似的。出电梯口时,我恶作剧似地走近阿姨,很严肃地跟她讲,阿姨,这是我老公,我是他老婆。阿姨相当羞涩,飞奔逃窜。"说完,Linda哈哈大笑,"我老公反复跟我解释,他是清白的,没有乱来。嗨,我真的不计较这事。当时,我调侃我老公,可以乱来,但千万别往家里领。"

不一样的人生选择

一个去往英国念书，一个在北京买房；
一个在深圳忙事业，一个在北京买房；
一个开始准备结婚，一个在北京买房；
一个开始准备买房，一个在北京卖房。

从财经大学本科毕业后，Linda来到梦想的城市——上海，进入了一家国际大牌4A广告公司。从市场到策划，从文案到执行，不到三年时间，因为勤奋努力，Linda获得迅速提升，并攒下人生第一笔钱。靠着这笔钱，加上父母的资助，凑齐30万元人民币，2003年，Linda离开上海，远赴英伦，去实现她的留学梦。这一去，就是两年。

2016年，在一个高峰论坛上，一位大学教授问Linda，是否觉得自己算中产阶级？几乎没有任何考虑，Linda脱口而出："我算哪门子中产阶级！有见过这么焦虑的中产阶级吗？"教授错愕不已。

"如果一定要硬算的话，我顶多算中产阶级的最底层吧。"Linda说，"我觉得，中产阶级不仅是个收入问题，还有个心态问题。美国、英国或者其他发达国家的中产阶级，普遍心态比较平和，相对比较放松。像我这种整天焦头烂额、每天上火的状态，跟中产阶级的差距还是比较大的。为工作上火，为房子上火，为小孩入学上火，为见不上老公的面上火。见上老公的面，连亲亲一下的时间都没有，您说能不上火吗？"

欣雨大学毕业那年，爸爸在武汉给她安排了一份安稳的工作。在初恋稀里哗啦的眼泪中，欣雨跟着爸爸回到武汉。在武汉待了才一周，初恋从北京追来。"看着他那可怜样，我心一软，就跟着他去了北京。"欣雨说，"去北京前，他们家到底是个什么情况，我根本不清楚。年轻的时候，太单纯，被人骗了，都不知道。"

聚丰园路是一条快乐的街道

欣雨前脚离开武汉，爸爸后脚就追去北京，"那段时间，我爸爸苦口婆心地劝我，一个大男人，当着我的面，大颗大颗地掉眼泪。除了我奶奶的葬礼之外，我从来没见我爸哭过。我又心软了，准备跟着我爸回武汉。结果，我老公也跟着哭，他哭得更用劲，简直歇斯底里，丧心病狂"。

很多年后，谈起这段往事，欣雨还直乐呵："好吧，两个大老爷们在我面前一起哭，那场面，相当奇葩。我被彻底哭晕了，反倒是我去劝他们俩。后来想想，这不对呀，我是主角，难道不应该是我哭吗？"

爱情的力量终究是强大的，欣雨的父母被迫接受了女儿留在北京的现实。

欣雨说："公公托朋友帮忙，让我进了北京一家新闻单位做记者。工作轻松，上手很快，我干得还不错，根本不用费什么劲。我在北京待了半年，工作安稳，感情平顺，我爸、我妈就开始催我结婚了。他们的态度转化之快，让我都觉得接受起来有难度。最开始是我妈每天给我打电话，她总在我耳边念叨，老大不小的，瞎谈恋爱不是浪费时间吗，谁谁谁家的小孩结婚了，谁谁谁家的小孩生宝宝了。我爸则是天天给我讲婚姻和事业相辅相成的故事，从马克思和燕妮到居里夫妇，从孙中山和宋庆龄到周恩来和邓颖超，每天一个故事，不带重样的。"

那时，欣雨的初恋在银行上班，赶上单位集资建房，前提条件必须是以家庭为单位，单身汉没有资格。欣雨和初恋正犹豫要不要这么早结婚时，未来的婆婆动手了！

在某个周一的早晨，老太太在没有事先告知的情况下，亲自驾车，带上初恋，来到欣雨租住的小区，不由分说，把两人押到民政局。就这样，欣雨稀里糊涂地和老公领了证。

事后，欣雨爸爸对她婆婆的霹雳手段相当"景仰"。

领证结婚后，欣雨有了人生的第一套房子。欣雨爸爸心疼女儿，担心欣雨住在老公单位的房子里，不硬气，和欣雨妈妈一商量，决定给欣雨再买套房子当嫁妆。"我爸说，小夫妻哪有不磕磕碰碰、吵个架的时候，你一个人在北京，没人照顾，住在别人家里，碰上个吵架，或者不顺心的事情，连个能去的地方都没有，太可怜了。"

于是，欣雨爸爸就在欣雨老公的集资房附近，给欣雨买了一套两室一厅的房子。那时的北京，房价极低，首付也低，4 000元/平方米的价格，能买到很像样的房子。

欣雨说："我爸妈的意思是，由他们一次性付全款买下来，算是送给我的嫁妆。结果，我婆婆蹦出来，硬插一杠子，表示反对。婆婆在人民银行总行工作，她不是反对买房，而是反对全款买房。她说，个人能向银行借钱的机会不多，能借到钱的时候，就得使劲借。我妈和我爸当时对我婆婆很有意见，娘家出钱买房，婆家居然跳出来干涉，这不是有病吗？再后来，我婆婆很耐心地做我爸妈的工作，没想到居然做通了，不服都不行呀。我爸妈付了首付，买下我人生中的第二套房子。这套房子，总价不高，首付比例又低，今天回头看，简直跟没出钱似的。"

婚后一年，有了宝宝，欣雨妈妈提前退休，从武汉来北京帮忙照顾宝宝。之前的两套两室的房子，已不太适应新的家庭结构。婆婆出了首付，帮着在北京买下第三套房子。

有了老大之后，欣雨老公跳槽去了一家顶级投行，薪资标准一下翻了好几番。又过了两年，欣雨和老公有了些积蓄，北京的房价开始明显上涨。

欣雨说："我们隐隐感觉房子要比股票稳妥。还是我婆婆厉害呀！那几年，股市那么火，她硬是把我公公炒股票的钱，从股市里全拿出来，去买了房子，尽可能低首付、多贷款。那会儿，北京还没开始严格限购，我婆婆不但自己买房，还逼着我们一起买。说真话，当时特别不理解，有房子住不就行了，买那么多房子干什么呀？后来，股市大跌，全家人都觉得婆婆无比英明，连我爸这么骄傲的人，都对我婆婆刮目相看。我爸从此再不炒股，专心跟着我婆婆买房。听说温州人在上海炒房，我们也跟着去了上海。从那以后，我们家只要有点钱，就贷款买房，绝不碰股票。股票升也

聚丰园路是一条快乐的街道

好，跌也罢，跟我们没关系。在北京买，在上海也买，后来北京、上海买不动了，我们在天津、苏州、杭州也都买了房子。"

北京日益严重的雾霾，动摇着欣雨对北京的热情。五年前，欣雨夫妇卖掉北京的一套房子，拿着到手的600万元现金，去了美国，买下一栋独立house，并在美国生下二宝。随后，欣雨的先生回国，继续上班，挣钱养家。欣雨留在美国带孩子，并顺利完成美国投资移民的申请。

就在欣雨结婚、生子、买房的时候，Linda正在英国大学的阶梯教室里，认真听课、记笔记、查资料、泡图书馆、写论文。结束在英国的学业后，因为没有合适的工作机会，Linda选择回国，幸运地进入了中国最大的互联网公司，来到深圳工作。

从最基层的岗位开始，Linda的职业生涯稳健而高效。在职业生涯初见起色时，Linda猛然发现，自己竟然成为所谓的"剩女"。于是，开始相亲、找对象。远在北京的欣雨，也给Linda张罗过好几次波澜不惊、无疾而终的相亲。在Linda对相亲几乎要绝望的时候，Mr. Right以非常神奇的方式出现，Linda闪婚。Mr. Right什么都好，专业人士，有房有车，相貌俊朗，脾气温和，唯一的不足就是在上海工作。

"当时，我没觉得异地有什么不好。"Linda说，"可能是我来上海出差太频繁了，我真不觉得深圳和上海之间有多远的距离。而且，我还有点小心思，我们俩不在一个城市，我可以把更多的精力放在工作上。"

事实上，结婚后，太多的现实问题不断涌现，让Linda苦不堪言："一个字，就是'累'。一年到头，三个城市来回飞。好几次，在路上，我突然一阵恍惚，搞不清楚自己到底在哪个城市。上海？深圳？还是成都？定定神，才能想明白自己在哪里。"

为什么更努力的似乎没有在财务上更成功？

以前，Linda认为，只要努力，肯吃苦，就一定能成功。在大多数时候，这似乎是真理。可是，和欣雨比起来，至少从财务结果看，Linda的成功似乎没有那么理直气壮。

2016年下半年，Linda一家人去美国度假，在欣雨家住了一个礼拜。那一周的时间里，Linda和欣雨进行了大学毕业后时间最长、探讨最深入的交流。

Linda非常直接地问欣雨："2003年，为什么你们家就知道该去买房子呢？北京房价一直在涨，为什么你们还敢一路追着买房？为什么这么有先见之明？"

欣雨的回答并不深奥："要说谁能在2003年，就预料到2016年的房价，那绝对是在吹牛。如果一定要把我们两个人在资产上的不同看成竞争的话，那这场竞争的关键点可能在于，这不是我们两个人之间的比赛，而是两个家庭之间的系统性竞争。有几个人能有个在人民银行总行工作的婆婆呀？我婆婆是满族人，正经的皇族后裔，从不给我们带小孩，她心疼孙子，愿意出钱，但绝不会累着自己，这就是人家的贵族范儿。你看我妈，我一怀孕，她就立马办了退休，跑到北京来伺候我。我家两孩子，都是外婆一把屎一把尿带大的，奶奶连抱都没抱过几回。可是，奇了怪了，每次奶奶一来，两孩子亲得不得了。有一回出去玩，我妈问大宝，你更喜欢奶奶还是更喜欢外婆？当时，奶奶又不在身边，换了是我，肯定直接回答：当然是外婆了。可我家大宝硬是来了一句：'外婆和奶奶，我都一样喜欢。'把我家老太太憋得一句话都说不出来。我算看明白了，这俩老太太，差距太大，我妈一辈子也赶不上。我爸说得对，人家贵族，还真不是有钱就能当的，必须得服，不服不行。"

从美国度假回来，Linda着手做的第一件事情，就是推动实现家庭团聚。Linda说："我和我老公就是女儿的原生家庭，从女儿的教育出发，一个完整的家庭是儿童教育的基本条件。我们曾设想过在上海团聚，我也可以申请调动到集团的华东分公司。但是，去上海最大的障碍是户籍以及户籍对应的入学资格。在上海，我的家在聚丰园路上，对口的上大附小是所

非常普通的小学,而且,即使是上大附小,我们也未必有百分百的入读把握。综合考虑,我们决定让果果在深圳上学。最近,我老公已经开始寻找深圳的工作机会。"

Linda说:"我和女儿是深圳户口,老公的户口在沈阳老家。当初在深圳买房的时候,条件有限,没多考虑,实话实说,也考虑不过来,先买了再说,有房子就不错了,根本顾不上什么学区房。现在,问题暴露了,眼看孩子到了上学年龄,入学问题迫在眉睫,必须得认真考虑。两个月前,和老公一商量,为了果果,拼了。咬咬牙,我们把深圳和上海的房子都卖了,换了深圳一套900多万元的学区房。"

"果果还小,现在还不可能送她出国念书。在能力许可范围内,我会努力给她铺路。我每年购买教育保险基金,确保女儿长大后出国念书,有足够的财务支撑;我给女儿报英文培训班,从小培养英文语感;我每年带她去世界各地旅行,让她从小就有机会看天下。"

访谈结束的时候,Linda说:"刘老师,你曾经在送我的书上写过一段话:'自己喜欢,才是人生。'生活对我而言,不管喜欢不喜欢,我都尽量用欢喜的心,去努力地接纳它,不喜欢的也是人生。"

三言两语的题外话

夏蓓:好人才有好运气,"傻白甜",其实一点都不傻。

钱鹏:人们并不是最近15年才有差距的,虽然是同学,但因家庭背景不同而有不同的起点。很多时候谈不上主动选择或谁比谁聪明,太平年代能随遇而安、顺势而为,各自有各自的幸福。

三言两语的题外话

小小笛： 欣雨能够被她的婆婆认可，能够遇到一个离不开她的好老公，不单单是运气那么简单。她一定不是一个"傻白甜"，而是一个情商很高的人。我们在羡慕她嫁了一个好人家、运气好的同时，也可以想一想她是如何做到的，可能我们无法遇到一个同样的人，但是对调节我们现在固有的关系应该会有很大的帮助。

作者回复： 婆婆不同意她娘家付全款，谁受得了？婆婆直接拉着去办结婚证，谁受得了？婆婆逼着老公买房，谁受得了？婆婆在身边，也不带小孩，谁受得了？换了好多人，婆媳关系早就崩盘了……所以，特别同意你的说法，欣雨是个情商超级高的人，这种高情商里，有多少忍耐，有多少谦让，谁知道？财富背后的代价，谁又知道？

噢！呐～ 这个世界上有很多Linda，也有很多欣雨，把两者放在一个时空里时，能撞击出很多感慨。幸福，成功，谁能说了算？今天的女生都会被告诉一定要把握自己的人生。把握的方式，各有不同，有多少是智慧？又有多少是运气呢？我个人觉得，好人才会有好运气。"傻白甜"，其实一点都不傻。如果欣雨的婆婆换成Linda的婆婆，结果如何？

作者回复： 哈哈，我觉得她们俩会成为仇敌，哈哈哈，您这个假设，太天才了！！！

聚丰园路是一条快乐的街道

三言两语的题外话

桃兮 我在Linda身上找到了很强的代入感，身边有各种各样的朋友，"傻白甜"糊里糊涂开开心心，有人兢兢业业时刻计划喜忧参半，两种不同的生活方式但是谁敢断定以后究竟孰好孰坏？努力和幸运哪个更厉害？真的难以预言。或许每个人的人生轨迹真的有定数。原生家庭的骨血不是一代人两代人、一百万元两百万元就可以改变的，看来，好老公难找的话，好婆婆给力也完全可以嘛！欣雨婆婆威武！

焦彦 很赞同女主对中产的认知，我们只是经济表象上实现了中产。或许一定意义上我们只是努力地在某个圈子中活着，还未能精彩地享受生活。

洪虹 人各有命罢了。所谓"傻白甜"，绝对不傻，所谓疲于奔命的精英，绝对不差。

姜菊玲 每个家庭周围都有一个生态圈，他们一起促成了两个小家庭的差距。所以，我不是我，我是我爸妈的女儿，是某人的老婆，是某人的朋友，是某人的学生或同学。

王敏嘉 Linda和欣雨两位姐姐这十多年的成长经历给我们这些站在十字路口的准毕业生很多启发（尤其女孩子）。我们的选择是自己当下最好的选择，工作也好，伴侣也好，有的时候一个选择选定了，选定就行动，不要瞻前顾后、左顾右盼。

三言两语的题外话

利涉大川：周一的地铁7号线停在了距离聚丰园路不远处的上大路站，由于列车故障，我一气读完文章，思绪万千，这个列车里还有多少人在羡慕着Linda，这是大多数人一辈子都难以企及的高度。如果说贵族的血统学不来，那么改革开放的红利造成的阶层固化是否更严重了？这一代年轻人是不是更难？喜欢抑或不喜欢，都得试着喜欢！——一个刚毕业的人。

进击的唐老湿：婆婆拉着直接去领证这一段……呵呵，没几个女人能接受得了吧？如果是我女朋友，估计把民政局拆了也不签字。

作者回复：换了稍微强势一点的女孩，肯定就翻脸了。凭什么呀？可也就是奇葩的人有奇葩的命运，命运总是那么不可捉摸。

侯玉芳：Linda的这种充实的工作状态正是Linda所向往的，而欣雨的生活方式也是欣雨自己所喜欢的，如果交换一下，说不定两人都会觉得痛苦。

作者回复：如果生活可以交换，估计她们两人都会苦不堪言。生活有太多比钱更重要的东西。

后续

（1）文章发布在微信公众号"阅读草堂"（id：caogentangzhuren）后，

很多朋友建议,采访Linda的婆婆——"皇族奶奶"。"皇族奶奶"得知后,通过微信发来回复:"虽是皇族后裔,实乃清朝遗民,没享过皇族一天的福,却替祖宗还了一辈子债,夹着尾巴做了一世人。这一生的苦和累,只有自己才知道。"

(2)这篇文章的发布时间为2017年1月1日。2017年4月,Linda发来微信:"刘老师,我和我先生已经离婚,手续办理完毕。"

03 | 月入近3万元的小D,卖掉了上海的房子,选择离开!

我老婆和我是中学同学,来自西安。我今年32岁,在上海一家著名的互联网公司担任产品经理,月收入接近3万元人民币。

2012年,我父母卖掉老家省城的一套房子,支持我们在上海付了首付,买下了聚丰园路上"聚丰景都"里的一套91平方米的房子,当时的房价是165万元。2016年10月,我们以465万元的到手价,把它卖了出去。买家是和我们一样来上海打拼的外地年轻人,夫妇俩都三十多岁,带着一个小孩。

一线城市房价疯涨,和三四线城市房价的差距越来越大。几年前,只需要卖掉一套二线城市的房子,就付得起上海的首付。2016年,下家靠父母卖掉了浙江的两套房子,才换来我们这套房子的首付。

真的不想在上海玩一辈子换房游戏

离开上海,很大一个原因是为了小孩的教育。女儿2岁了,眼看着没几年就要上小学。2015年,我和我老婆商量,咱们得换一套靠近中环、大华附近的学区房。所谓学区,未必见得教育质量就有多好,但最起码学生

聚丰园路是一条快乐的街道

质量相对好一些。学区房就像投名状,至少说明一个家庭重视教育,愿意并且也有能力为小朋友的教育做更好的投资。

2015年下半年开始,我和我老婆就开始到处看房,挑挑拣拣,一直没有碰到特别合适的,拖拖拉拉到了2016年。不得了,房价飞涨。从2016年年初开始,稍微合适点的房子,价格从500万元开始上蹿,550万元,600万元,700万元,不到半年,就冲到750万元!虽然我们的房子也在涨,但小房子换大房子,房价涨得越快,两个房子之间的差价就越大。眼看着也就半年的时间,我们却再也追不上了。

上海这个城市,不管你处在多高的地位,也不管你来了多久,从你买第一套房开始,就进入了一场永不停歇的换房游戏。小房子换大房子,大房子换更大的房子,更大的房子换学区房,学区房换别墅,一辈子换不到头。

我们公司那些年收入百万以上的高管,看着很风光,照样被换房游戏折磨得痛不欲生。我头疼的是换不起学区房,他头疼的是豪华别墅很贵,虽然房子不同,价码不一样,实质没多大区别。

聚丰园路上一家房屋中介公司的经理曾经告诉我,她在这条街上工作了整整七年。这七年间,她和她的团队至少服务过几百名客户。这些年,就看着这些人买了又卖,卖了再买,不停地换房子,听起来房子是在增值,人人都成了大富翁,但没见谁手里真正剩下钱。这七年里,她仅见过一个东北的老爷爷卖掉聚丰园路上的一套房子,拿了300万元现金,乐呵呵地回东北养老去了。

一个,就一个!整整七年,就这么一个幸福的老大爷!

上海户口:横亘在我们面前的鸿沟

我实在不想在无休止的换房游戏中玩下去,心太累。更关键的是,就算我们买得起学区房,也未必上得了学。上海小学的入学政策是先看户口,再看居住证。户口还要分人在户在、人户分离两种类型,先是有本地户口的排队，如果有多余名额，才考虑居住证和统筹人口。我和太太都是外地户口，现在小朋友那么多，即使买了学区房，也未必能百分百进入心仪的学校。虽然明知道不公平，但我们完全无能为力。

刚搬到"聚丰景都"的时候，还没有小孩。早晨，我和我老婆手拉手去上班，晚上，快快乐乐回家做晚饭。吃完饭，两人一起出去散步、遛狗。现在回想起来，那是我们在上海最美好的一段时光。

有了小孩之后，生活完全变样了。我父母和岳父岳母轮流过来，帮我们带小孩，两室一厅的房子非常局促。您想想，就那么屁大点的地方，所有人挤在一个空间里，一点私人空间都没有，转个身都转不开，大家肯定不舒坦。一不舒坦，必然会产生矛盾。

我父母来，和媳妇有矛盾。岳父岳母来，和我有矛盾。当然，我父母和我，岳父岳母和我老婆之间，也会有矛盾。关于小孩教育，关于家庭开支，大到买房卖房，小到买肉还是买菜，数不清的矛盾纠结在一个狭小的空间中，烦不胜烦。

我也很理解老人们，他们放着家里清闲的日子不过，跑到上海来，和我们挤在一起，不就是为了给我们带小孩、帮衬我们一把吗？但是，毕竟是两代人，太多观念上的不一致，在这样一个逼仄的空间中，极其容易被放大成怨恨和不满，而且没有任何排泄口和缓冲空间，这也是我急于要换个大房子的另一个原因。

小孩一岁之前，我们担心她不会走路；一岁之后，我们又担心她不会说话；会走路会说话后，我们又开始了别的担心。我们送她去参加亲子互动班时，有的小孩会跳舞，有的小孩会唱歌，有的小孩子能念诗。在那个环境中，你很难不攀比呀。小孩每天都在变，一天一天地在长大，我的焦虑也开始日益加重，可千万别因为我，耽误了她呀。

上海户口，是横亘在像我这样的外地户籍人口面前的鸿沟和障碍。以前，没有孩子，我和我老婆也没去办过居住证。再说，市政府也没有要求强制办理呀。所以，到现在，我们的居住证也才只有四年的居住年限。

聚丰园路是一条快乐的街道

上海目前户籍申办的基本条件是必须持有《上海市居住证》满七年，且持证期间缴纳社会保险满七年。我们至少还得有三年时间才具备申办资格，能不能办下来，那还不一定。就算资格够了，也得排队，能不能排到，也很难说。况且，上海户口政策肯定越来越难，说不定，等我满足现在的基本条件后，政策又变了。这一变，小孩念书就给耽误了。政策的不确定性，很折磨人，谁都不知道明天会怎么样。这种感觉，挺绝望的。

去国外念书，探寻新的可能性

在上海，我每年正常纳税、缴社保，甚至比很多有户口的人缴得还多，但在这个城市，我和女儿似乎永远没有希望拿到上海户口，甚至花钱也拿不到。在这座城市，既然无法获得应有的东西，而且生存压力又那么大，何必非要待在这里呢？

我的一个好朋友几年前辞职，去加拿大读书。她毕业后，在加拿大找了份工作，留在那里。在微信上，我常看她分享的生活照片。蓝天、白云、小城市，没有那么多的人，没有那么多的束缚，只要你好好工作，认真纳税，所有的人都是一样的。我从不奢望能高人一等，唯一的愿望就是公平。我努力工作，按时纳税，只是希望能享有一切正常的权利。在上海，对我而言，这是奢望。

最近，我开始复习英文，准备2017年6月考雅思，然后申请去国外念研究生，我的目标是美国常青藤大学IT相关领域的硕士研究生或者商学院MBA。如果毕业后能留在美国工作，这当然是最佳选择。即使留不下来，拿着美国的硕士回来，无论是上海还是其他城市，在落户政策上，多少还有些优惠吧？

来上海前，我老婆在省政府机关上班，工作稳定，她自己也很喜欢。结婚后，她跟着我来到上海，前后换了好几份工作，都不满意。为此，她自己很苦恼，我也觉得对不住她，耽误了她的职业发展。

有了小孩后，我劝她干脆不要上班了，留在家里做全职妈妈，好好带孩子。孩子的教育是个大问题，长辈毕竟和我们的教育理念不一样。如果父母不自己带孩子，小孩是带不好的。

刚开始，我老婆还不乐意。最近，她终于想明白了，既然工作不开心，家里总得照顾好吧，总不能两头落空。她已经提交辞职，这个月底，她就回家，专心带小孩。

杭州限购令的前一天，买下钱塘江边一套170平方米的房子

有了出国读书的念头后，我开始考虑卖掉上海的房子，最大的障碍是说服我老婆。当初她为了我，辞掉机关的工作，来到上海，在上海待了几年，我突然要卖掉上海的房子回老家，她接受起来肯定有难度。

在上海卖房的同时，作为保底，我计划在杭州买一套房子。在杭州买房的原因有两个：一来，我从事IT工作，杭州除了阿里巴巴之外，还有很多互联网公司，IT工程师在杭州很容易找到工作，而且薪水也不低；二来，相对上海来说，杭州的房价太便宜了。杭州怎么也算1.5线城市，和上海的差别越来越小。

2016年11月，上海最严限购房令出台前，我已经把上海的房子卖掉。我和下家说好，延迟到2017年5月交房。交房后，我打算带着老婆和女儿，回西安生活一段时间。女儿在老家上幼儿园，老婆在家带小孩，我继续复习英语，准备考试和申请学校。

2016年的10月、11月，我跑了二十多趟杭州。为了省钱，尽量坐动车，不坐高铁。常常是早晨6点40分，坐虹桥火车站的第一班动车去杭州，晚上9点40分，坐最后一班动车从杭州回上海。

来回跑了两个月，我在杭州滨江区钱塘江边的一个建于2003年的小区，买下一套总价320万元、面积170平方米、四室一厅的房子。想的就是一步到位，以后不要再麻烦了。小区配套特别好，大门出来，走几步就

聚丰园路是一条快乐的街道

是钱塘江。在小区门口乘公交车去西湖，只需要不到20分钟的时间。以后，父母和我们住在一起，房间足够多，散步遛弯也方便。

2016年11月9日，我和杭州的卖家签订购房协议。当晚，杭州市政府发布最新一轮房产限购令，自11月10日起，杭州将对不能提供自购房之日起前2年内在杭州连续缴纳1年以上个人所得税或社会保险证明的非杭州户籍居民家庭暂停出售新建商品住房和二手住房，且非本市户籍居民家庭不得通过补缴个人所得税或社会保险购买住房。

我都有点蒙了，只要我再晚一天，或者稍微拖延一下，这房子就买不成了！真的要感谢上天如此眷顾我！

在杭州买房，我申请了银行贷款。上海卖房，杭州买房，一出一进，加上银行贷款，除去税费，手上剩下100多万元的现金。杭州的房子，现在每个月贷款要还1万多元。剩下的这笔现金，用于支持我们一家人在西安生活、出国留学、国外生活以及杭州住房的还款，压力也不小。

一个孩子太无助了，我还想生个二胎

我和老婆都是独生子女，如果用一个词来形容我们的感受，就是无助。我们的父母把所有的希望都寄托在我们身上，他们老了，也只能跟着我们一起生活，大家一辈子捆绑在一起。

现在，我们家的四个老人身体都很健康，但是谁能保证以后呢？要是家里老人们同时生病或者住院，我们该怎么应付呀？不敢多想，想着就怕。

我不是不愿意尽赡养父母的义务，可是，我也得有自己的生活呀。现在看来，这根本做不到。父母就我一个孩子，我们彼此都没有其他选项。

人口红利，才是最大的红利。国家如此，小家也是这样。我有个四川同事，他老是在我面前念叨他老家的一句话，"早打谷子早插秧，多生娃娃多享福"。老人家说多子多福，那真是有道理的。

我和老婆聊过很多次，不管多难，我们一定得再要一个小孩，哪怕是以牺牲一部分生活质量为代价。用质量换数量，最后结果一定还是好的。

对于未来，我依然满怀希望

有朋友问我，你的收入不算低，怎么也会逃离上海？

现在，我一个月的税后收入接近3万元。太太不上班之后，如果继续留在上海，生活费、房贷、小孩教育费用、养车费，一个月下来，所剩无几。如果我们要换大房，贷款一个月至少得还1万多元。这点收入，根本支撑不下去。

毫无疑问，上海是座充满魅力的国际化大都市，有无数机会和各种可能，这里更适合那些有冲劲、有韧性的人。确实，有的人比我收入还少，还款压力比我还大，照样能在上海生活下去。

但我想说的是，每个人对生活的态度和想法是不一样的。我还年轻，我还能打拼，我还有时间，我还可以通过努力，来改变自己和家庭的未来，我还有时间，来给小孩子创造一个不一样的未来。

上海是一座让我留恋的城市，也许以后，在国外念完书，我还会回到上海来。但现在，我真的要走了。至少此刻，对我而言，生活在这座城市，压力太大了。

三言两语的题外话

谷钦　换房这个游戏，我相信在当前这个大背景下，哪里都逃不掉。一线城市有一线搏杀的惊心动魄，小城市有小城市的岁月静好。

聚丰园路是一条快乐的街道

三言两语的题外话

肖江 留下的人有无限的梦想，离开的人有各种的无奈。这座城市，这里的人，无论以何种方式对待我们，我们都有选择生活态度的权利和决定生活方式的自由。

黄莉 参与一整年的上海换房游戏，最终也没换成，心累到不行，孩子的成长也匆匆地略过。突然来了新政，彻底换不成了，反而平静下来，也许这就是命运吧，幸好没把现在住的房给卖了，否则让这一家老小住哪儿去？学区房也不想了，要不是因为二胎，要不是因为孩子教育，我绝对不搅入这场厮杀中，遍体鳞伤还一无所获。我佩服小D有选择离开的勇气，但到哪里不都是一样吗？

佳佳 我在深圳，我也换过房子，但现在已经换不起了。我的同事们也是一套一套咬紧牙关在换房子，好像自己的人生价值必须要通过大房子和豪车才能体现出来。这条路没人去考虑为什么，只因为大家都这样，理所应当这就是当下最正确的事。前不久，我迫于生活压力辞职了，很多人都不能理解，你居然不挣钱了？你是不是脑子坏掉了？……可是我也收获了很多，我开始思考，大多数人的追求一定是对的吗？

Selina 曾经风风火火拼搏的我，在自己无力承受过多的负担之后，选择做减法。我首先舍掉工作，换来平静的心态，可以不急不躁地对待孩子和老公，让孩子高高兴兴地上学，安安稳稳地入睡，不和老公因为一点小事吵得面红耳赤，这些在以前工作压力很大的时候根本做不到。

三言两语的题外话

佳佳 我还可以平心静气地思考，去除了很多不必要的事情和开销，过着简单踏实的日子。我觉得这种感觉是拼命赚钱换不来的，以前我是为了更好的经济条件努力，现在我是为了更好的家庭气氛努力，我自认为没有什么高低之分，而不是大多数人认为的只有赚钱才是正业。会不会有更多的人在激情退去的时候，和我一样？人们会不会慢慢地从浮躁激进的情绪中走出来，回到顺其自然的节奏里？会不会慢慢地脱离追逐物质的死循环，开始追求不那么难为自己的生活？尽管此时此刻，我这样想，可我依然生活在忐忑中，怕钱不够花，怕自己就这么从现在的阶层中掉下去，怕不经意间就跟不上这个时代。

韩雨晴 那个卖了房子乐呵呵地离开上海回家养老的大爷，会想念上海吗？看到上海房价飙升的新闻时，老大爷是心如止水还是痛不欲生？

Christina 对"北上广"的追求就像是对更高级文明的追求——我们体验到了更好的教育、更有序的社会、更多元的文化、更先进的科技。光鲜的背后，是在夹缝里求生存，是在排挤中谋尊严。无关对错，只在选择。

FLJ 《西部世界》中有一句台词：有些人选择看到这个世界的丑恶，有些人则看到它的美，但这种美是一种诱惑，是为了让我们留在其中，我们已经陷入困境了。上海以大都市的魅力吸引着无数人走近，会有很多不曾期待的机遇，可是想要停止不计代价的追逐，想争取这座城市的优待，想留下时，又不得不意识到游戏规则的残酷且不会改变。

后续

（1）2017年3月，小D夫妇俩来我家中做客。小D的太太说："在上海待了这么多年，我是真不想走。别人能待得下去，我们为什么就待不下去？小区里，没有户口的孩子太多啦，一步步来，总会有办法的。小D非要坚持从上海回老家，我也没办法，但我是真的不愿意离开。这一走，缴了好多年的上海社保就断掉了，以后如果要回来，还得重新开始，上海的房子还得重新买，怎么买得起？"

（2）2017年5月底，小D夫妇把房子交给下家，离开上海，回西安。小D的雅思成绩6.5分，已满足申请国外研究生的基本条件。

（3）2018年，小D开始了在澳大利亚悉尼科技大学的IT硕士学习生活。

04 外企风光不再,他们选择移民

Della,女,43岁(2016年),毕业于内地某985知名高校。1995年,大学毕业,服从国家分配,进入上海某大型国有企业。在国企工作四年后,Della跳槽进入某世界500强公司的全球运营中心,从IT工程师到项目经理,一直到部门经理。工作地点:上海,年收入:70万元人民币。

Tony,男,Della的先生,和Della毕业于同一所大学,43岁,另一家世界500强公司大中华区采购总监。工作地点:上海,年收入:110万元人民币。

外企光环不再,陷入裁员漩涡

采访Della,是为了一个中产阶层人群调研的项目。没想到的是,Della这样一位在外企工作近20年的白领,谈起中产阶层的身份认可,竟然如此勉强:"对中产阶层的身份,我现在更多的是怀疑。这几年,外企在中国的大环境发生天翻地覆的变化,当初的光环已荡然无存。外企在中国的黄金时代正在远去,生意越来越难做,很多公司开始裁员。我所在的公司最近也在不断地裁员。人到中年,我发现,自己正身处裁员的中心。曾

聚丰园路是一条快乐的街道

经熟悉的用户变得日益陌生,曾经擅长的工作变成疲于奔命,曾经看不起的竞争对手正在快速崛起,未来变得越来越不确定。"

大学毕业那年,Tony追随Della的脚步,来到上海。在上海的20年里,Tony从外企的普通职员起步,一步一步地晋升为大中华区采购总监。

2016年,Tony服务的公司在大中华地区的销售业绩呈现断崖式下滑,主要原因有两个:一是因为越来越多的外资制造企业开始将生产转移到劳动力成本更低的其他国家或地区,间接影响到公司的销售业绩;二是中国企业的生产能力和开工量不足,对公司的销售产生了非常直接的负面影响。

2016年上半年,Tony所在的公司突然宣布大规模裁员计划,下半年又宣布了新一轮裁员计划。被裁掉的人在拿到赔偿金后,开始寻找新的工作机会。而幸运留下来的人,也同样感受到实实在在的压力。"大家都惴惴不安,按照现在的发展态势,即使是大中华区的CEO被裁掉,也没谁会大惊小怪。"Tony说,"大家都在积极地谋求退路,我也不例外。"

随着大中华区销售量的下降,Tony在集团总部的话语权也开始发生变化,"钱挣得少,话语权自然就小,这也是没办法的事情"。Tony既无奈,也坦然。

失败的换房,成了移民导火索

2009年,Tony和Della准备在上海换一套更大的房子。在卖掉原有的老房子后,他们没有及时买到新房子。失败的换房,演变成移民的导火索。

Della说:"2009年,我们卖掉原来的老房子,开始在上海到处看房子。当时,上海的房市已经开始发热。我们很快看中一套120平方米左右、总价245万元的房子。一天夜里,中介突然来电话,说另外一家中介的客户也看中这套房子,并且马上就要签合同。事后,Tony分析,这很可能是中介要的花样,想逼着我们快速签单。当时,我们一听就急了,问中介有什么办法。中介说，如果我们愿意把出价再抬高5万元，他有能力把卖家拉回来。当天晚上，我们俩开车去和中介谈判，中介一个劲地鼓动我们加价，然后说第二天就能签合同。我和Tony感觉非常不好，从中介那儿出来后，我们决定不急着加价，先看看再说。"

一周后，中介来电话告诉Della，他们看中的那套房子被人买走了。更让Della和Tony吃惊的是，同小区同户型的房子，在这一周内，直接跳空上涨50万元！

"当时，我就感觉，天哪！太贵了！完全没有理性！凭什么呀？"怀着对房价上涨过快的强烈质疑，Della和Tony决定暂时不看房子了。

房价依然天天上涨，看着手里的钞票日渐发毛，总不是办法，Tony第一次向Della提出移民的想法。之所以提出移民，是因为他们的很多朋友当时都在办理移民。想着能在一个新的国家开始新生活，Tony不免有些神往。

早在2000年前后，Tony夫妇的大学同学们掀起第一波出国和移民高潮。Della也曾问过Tony，是不是随大流，和大学同学们一起，技术移民去加拿大。结果，Tony坚决不同意。2000年的Tony，是坚定的反出国派。在他看来，国内的机会要远比国外多，中国遍地是黄金，放弃全世界经济最活跃、成长性最好的上海，跑到加拿大那个大农村去，简直太傻了。

彼时，Tony的判断精明而合理。从2000年至今，中国经济的突飞猛进，不仅成就了外资企业在中国的巨大成功，也成就了外企白领们的职业辉煌。Tony和Della显然是外企成长红利的分享者。

2009年，曾经强硬的移民反对派Tony，摇身一变，成为出国热衷派，主要基于两个认知：

一、职业生涯突然发生巨变。

从职业发展的角度看，面对突如其来的职场翻转，曾经最热门的外企变得不再受人追捧。今天，大学毕业生最想去的地方，要么是大型的互联

网公司,要么是政府部门,随后才会选择外企。这种选择顺序的变化,也是外企职员的风光不再的最佳隐喻。

不是每个外企职员都能迅速适应这种变化,对很多中高层白领来说,职场巨变让他们无所适从,他们再也找不回过去的优越感,并且不得不面临重新定位的挑战。

通常来说,中高层的外企白领在离开外企后,出路无非两条,要么去民营企业,要么自己创业。Tony和Della既无法适应民企的管理风格,又不具备自主创业能力。当他们面对职业生涯的重新选择时,市场留给他们的选择空间极其有限。

"我们不排斥民营企业,但从身边的朋友去民营企业的结果来看,都不理想。原因很多,有的对文化不适应,有的对老板的管理风格不适应,总之就是各种不适应。我们俩大学毕业后就进外企工作,在这个圈子里浸染了整整20年。我们的思考方式、工作方法、工作习惯,都已经被外企打上深深的烙印,从根子上看,我们更适应外企的工作氛围。几年前,我们俩就开始考虑,外企在中国的日子眼看着越来越差,我们该怎样去应对正在到来的外企风暴?"

二、对房价看空与房价飞涨之间的巨大矛盾。

2009年,Tony和Della放弃买房后,很自然地成了对房市和中国经济看空的一派。

当前,看空派的窘境是,他们一方面认同看空派的逻辑体系和价值规律——房价上涨是不合理的,通货膨胀是不理性的,买房是高风险的击鼓传花游戏,不知道谁会成为最后的接盘侠;另一方面他们却眼睁睁地看着房价日益上涨,自己手中的人民币资产由于没有及时置换成房产,不得不承受着资产价值大幅缩水的折磨。

当人人都在谈论房价,谈论买房、卖房、换房的时候,再坚定的看空派也会动摇。而移民,在Tony和Della看来,是规避这种环境干扰的最佳选择。

四年移民路上的欢喜与挣扎

真正开始办理移民,源于2011年春节的一场家宴。Della的哥哥在北京经营着一家规模不小的软件公司,彼时也在考虑办理移民。

Della说:"当天我哥哥说的很多话我都记不清了,但有一句话,我记得特别清楚。我哥哥说,他所在的中小企业主圈子中,很多人都在办移民。"

2011年春节假期,Della夫妇俩和哥哥一家进行了多次深入的讨论。

春节后不久,Della接到哥哥的电话,说他准备提交材料了。那就一起干,Della和Tony也同步启动移民计划。

不同于哥哥委托移民中介的做法,Della充分发挥在外企工作多年的优势,自己在网上查找信息,搜寻资料,然后递交材料,申请加拿大的投资移民,全部材料都由自己来完成。

所有的环节都考虑清楚了,唯一没有预料到的是,整个移民过程花费的时间太长了。2011年正式启动,直到2015年,Della夫妇终于获得加拿大政府签发的投资移民签证。

女儿出生,未来有了更多变数

在办理移民的四年中,Della和Tony意外地迎来了第一个孩子——饭饭。饭饭的出生,在给Della和Tony带来巨大欢乐的同时,也给他们带来更多的挑战。

2014年,Della首先摁不住了,和Tony商量:"我们是不是暂时先买个学区房,不然以后饭饭怎么上学呀?"

2014年4月开始,Della和Tony从浦东跑到浦西,满上海地看学区房,正准备下手。7月,加拿大移民的体检通知到了。

聚丰园路是一条快乐的街道

体检通知是移民申请的最后一步,基本上相当于移民成功。就这样,夫妇俩暂时搁置买房计划,全力准备出国。也就在他们搁置购房计划、全力准备出国的这段时间,从2014年到2016年,上海的房价再次经历多轮暴涨。

2016年年初,Tony和Della带着饭饭在加拿大短期登陆,办理完所有新移民手续,并用40万加元买下一栋独立别墅。Della说:"饭饭特别喜欢加拿大,我们经常问她,喜欢上海还是喜欢加拿大呀,她总是说喜欢加拿大。"

加拿大是小朋友的天堂,可是对于年龄超过40岁的Tony和Della来说,加拿大和天堂的距离很遥远。

Della说:"目前,我最大的愿望就是申请公司的内部调动,把我从中国直接调到加拿大分公司。当然,难度非常大,我正在努力。"Tony补充说:"我们已经做好心理准备,到了加拿大,没指望能找到跟中国一样的工作。普通的行政、文员、办公室甚至labor工,我都能接受。如果需要,我也会去上职业学校,学习新的技能,重新开始。"

2000年前后移民加拿大的同学告诉Della夫妇,无论做了多么充分的心理准备,大多数人初到加拿大,都会有巨大的心理落差。新移民闯天下,其间甘苦,只有自己品尝,才能体会。

2016年,Della一家初到加拿大,前往新移民中心办理手续。新移民中心张贴着欢迎叙利亚难民的大幅海报,Della一家在那里碰到大批来自叙利亚的难民。在新移民中心为儿童准备的活动区里,饭饭和一群难民的孩子们玩得兴高采烈。

Della说:"我不反对加拿大接受难民,但如果未来,我的孩子要和难民的孩子待在一起,我是不能接受的,这不是我来加拿大的目的。"在加拿大度过三周假期般的日子后,Tony和Della带着饭饭返回上海。

2016年,作为房市看空派的Tony和Della,目睹了上海房市新一轮的疯狂上涨,"我们开始有点相信任志强的话了。任大炮说,2017年的房价还会大涨,也许真的还会涨"。

到2016年年底,他们和其他的外企白领一样,正常地生活、工作,依然没有买房。当然,他们和普通的白领不太一样,他们多了一个加拿大移民身份。

这种轻松的日子不会持续太长时间,加拿大移民有居住时限要求,五年内不住满三年,后面无论是延续签证还是申请公民,都会遇到困难。

对于未来,Della说:"我们的决定对不对,我们的选择好不好,只能交给未来去评判。我们是否顺应了历史潮流,不是通过现实资产的变化来体现,也不是所谓正能量或负能量能解释的,一切只能交给未来,交给明天。"

三言两语的题外话

洁子-安安:我们2000年入加籍,之后回上海,为了高薪。在加拿大攒钱不易,有许多人回来了。真为他们担心,放弃这么高的薪水从头开始,做好心理准备吧!

张田园:作为一个刚结束秋招,即将进入外企工作的职场菜鸟,我发现大部分的企业都处在变化中,不仅外企在变,国企、民企也在变。而由这种变化引发的危机感,也督促着自己不断深入思考个人的职业规划和人生规划。

三言两语的题外话

Sylvia. Wei

"优秀"是一个相对值，不是绝对值：第一，以外企的用人制度来衡量，Della一家无疑是精英中的精英，当然有的网友提到是风口的猪，风口是对的，猪不恰当，应该是风口上的幸运者，毕竟现在的80后就很难摊上红利了，企业的中坚力量多是70后，经济不好，领导不换工作，80后怎么往上爬？第二，用现行的社会经济标准衡量，Della一家不是优秀者，他们没有及时买房，没有把工作中的果断用到对社会发展的判断上，中国的发展是高铁的速度，错过了就跟不上。生活没有十全十美，只能说Della一家是平衡的，既不是很成功，也绝不是失败，起码他们能移民加拿大，给女儿一个未来。有的人在上海有住房，没有这么高年薪，又如何？不也是一样要担心孩子能不能上重点学校？工作有没有发展？收入稳定不稳定？谁都有烦恼，和外企啥的没太大关系。自找烦恼的人，永远都有烦恼。不自找烦恼的人，沿街要饭都是快乐的。2016年要过去了，活着就是做点有意义的事，对自己，对这个世界，同时自勉！

桃兮

文章读下来，最大的感觉并非外企风光不在的压力，压垮Della一家的应该是他们的迟疑和没抓住节节攀升的房价。对于房子一时犹豫错失良机的懊恼，看物价房价不合理攀升的愤懑，周围朋友的攀比压力，影响了他们的人生，尽管他们比这个城市百分之七十的人好太多。如果2009年他们顺利拿下245万元的房子，结果可能大不一样。

后续

2017年2月，Della发来微信："公司的内部调动已经失败，时间上，也不允许我再找别的岗位，我已经主动要求进入下一批裁员名单。因为我手下的一批员工也在裁员名单中，所以，人事部已经通知我，下次裁员的具体时间就在下个月的某一天。"

2017年3月，Della正式被裁员。

2017年下半年，Tony和Della带着饭饭到达加拿大，开始在加拿大的长期生活。

05 | 我在上海做月嫂，两个儿子在老家念私立学校

我妈逼着我来上海

我叫小岳，今年（2016年）35岁，来自河南商丘。我来上海已经四年，现在是国妇幼美兰湖国际月子会所的一名专职月嫂。来上海前，我在老家县城，做过六年幼儿园老师。

我老公来上海已经十多年，跟着一个南通的老板，做给百货超市配货的物流生意。每天从早到晚，忙得昏天黑地。他老板的生意做到全国各地，包括新疆、内蒙古。三天两头，我老公也要出去跑一趟。他下班回到家，倒头就睡。我想和他说会儿话，都没工夫。照我老公的话说，他现在什么都不缺，就是缺觉。

我在老家，工作清闲，日子过得很轻松，根本就不想来上海。我妈非逼着我来上海，她老是说，夫妻长期分居可不行。

上海四年：从幼师到卖化妆品，从卖衣服到月嫂

来上海的第一年，我在一家私立幼儿园当老师。上海的公立幼儿园要

求老师必须是本科学历,我的学历是大专,只能进私立。

在幼儿园干了一年,我就干不下去了。一是工资太低,每月只有3 800元钱;另一个原因就是我不认可他们的教育方法。

上海的私立幼儿园,对小班的孩子,都要求必须学会认字、数数,强制性的学习内容太多。小班的孩子,才多大一点呀。在我们老家,小班的孩子只要跳跳舞、唱唱歌、做做游戏,会玩就行了。上海的家长对孩子的期望值都很高,幼儿园为了迎合家长们的要求,设置了很多强制性的学习内容。我不喜欢这样的教学方法,干脆就不干了。

从幼儿园辞职后,我去兰蔻专卖店卖化妆品,天天往脸上化妆,我受不了,又不干了。随后,我去商场做营业员,卖衣服。卖衣服这工作,大部分时间就是无所事事地站在那里,时间过得好慢,太无聊。整天站在商场发呆,太浪费生命,时间长了,人会傻掉的。

那段时间,我开始琢磨,我脑子不好使,性子慢,有耐心,到底适合干点啥工作?想来想去,觉着月嫂挺适合我。于是,我就上网搜,前程无忧、58同城都用过。搜到信息后,我打电话问人家,我这样的人可以去工作吗?人家说,先来报名,再考证,证考出来,就能上岗。我问人家包吃住吗,人家说可以的,我就去了。我这人晕车,坐地铁也会晕,包吃住对我来说,很重要。

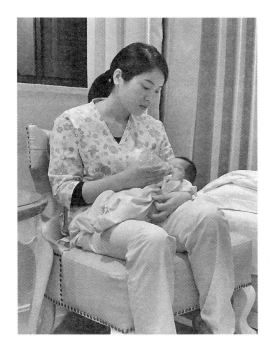

月子中心的常驻月嫂,和住家月嫂的工资不能比。住家月嫂,月薪一般都在一万二三。我

们在月子中心,刚来的时候,六千多元,现在也就七八千元钱。好在我不靠这个钱养家,我老公说了,这是我自己的零用钱。

我总觉着,作为女人,还是得自己能挣钱,全靠老公不行。自己能挣钱,说话也硬气。另外,出来工作,见识完全不一样,也算增加阅历。人生多点阅历,没啥不好的。

老公和儿子都得兼顾

我有个妹妹,郑州大学毕业后,在富士康做了两年采购,之后回到我们商丘市里的私立学校当老师。我的两个儿子,一个12岁,一个10岁,都跟着我妹妹,在私立学校念书。每人每学期的学费1.2万元,生活费最近涨了,480元一个月。在我们那儿,这个学费算很贵了。

我敢把孩子扔在老家,一个人出来,也是因为他们的适应能力强,都

能管好自己。两个儿子的学习成绩很好,都是班长。老大性格刚强,办事麻利,果断泼辣,跟他爸爸一个风格。老二性格温和,细致耐心,慢性子,不急不躁,跟我挺像。

去年夏天,小哥俩放暑假,来上海。他爸爸每天早出晚归,没工夫管他们。我刚刚接了月子中心的全陪订单,28天,每天24小时全程陪护,也不在家。我老公每天给他们留200元钱,让他们自己安排生活。他们俩变着法儿地叫外卖,自己去餐

厅点菜。一个月下来，小儿子整整重了10斤，把我吓得不轻，这样胡吃海喝，可不行，暑假没结束，就把他们赶回老家去了。

我们老家是武术之乡，练武的人多，老大小时候，就爱趴在人家练功房的门口，偷看人家练武。他平时也爱锻炼身体，走在路上，走着走着就会来个前空翻，有个墙根，就可以来个倒立，经常吓得我不行。我不让他练，可他偏要练，我也没辙。

前段时间，老大因为去厕所没有打报告，老师罚他站立。老大觉得不好意思，直接要求老师换个体罚方式，老师问他想要什么项目，他说俯卧撑。老师说，那你就做3个俯卧撑吧，结果我家老大一口气做了48个俯卧撑，把老师给吓住了。老师打电话问我，你们平时在家是不是体罚孩子呀，要不然，这么小的孩子，咋能一口气做48个俯卧撑。

我家老二爱臭美，平时理个发，也爱去县城最好的理发店。最近，他喜欢一种发型，想在后脑勺理只企鹅。老二自己画了一张图，找到理发师，让理发师照着图给他理。我电话里说他，这么小的年龄，理个正常孩子的发型，不就行了。老二跟我说："妈，你不知道，我理了这种头发，心里美得很，那种美，说不出来，就是很高兴很高兴。"我想着，孩子既然喜欢，那就让他去吧，又不是做什么坏事情。

前几天，我妈来电话，说带着老大去超市买东西，东西买得比较多，我妈腰不好，提不动。我家老大说，他来提。我妈问他提不提得动，老大说没问题，就喜欢练肌肉。回到家，我妈看孩子的手被塑料带勒得发紫了，但老大硬是没吭一声。我妈说，老大太要强，太硬，以后肯定搁家里留不住，迟早要出去闯天下。我妈还说，你这俩儿子，一文一武，以后，能留一个在身边，也挺好。

我家俩孩子自己会做饭，下个面条，弄个西红柿炒蛋，十分拿手。老大爱吃小龙虾，他知道我怕那个东西。我一见小龙虾张牙舞爪的样子，心里就发毛。前年夏天，老大自己在饭店吃完饭，跑去厨房请教厨师，问人家怎样清洗小龙虾。回家后，他自己买来小龙虾，照着厨师教的办法，一

47

个个去尾巴,一只只去肠子,手都被夹出了血,硬是没叫疼。

我家老大的性格,完全随我老公。我老公是个典型的北方汉子,家里的事情,统统不管,和孩子说话,也没个好气。他最大的优点就是在钱的问题上,从来不跟我计较,我怎么花钱,把钱给了谁,他从来不问。

他一天到晚,忙得要死,也不知道在忙些什么。他连儿子的年龄都记不住,好几次,冷不丁地问我一句,咱家孩子多大了。他不是问着玩的,是真记不住呀。

每隔一两个月,我就和老公开着车回老家一趟。从上海开回老家,高速加国道,七八个小时就能到。老公和儿子都得兼顾,丢了哪头都不行。

关于未来

我以后想回老家的市里开个月子会所,办个月嫂培训学校。我们老家的市里,现在有两个月子会所,一点都不正规,乱糟糟,脏兮兮,谁都可以去干,是个亲戚就可以去上班。我去他们那儿看过,太不上档次。

在我们老家县城,月子中心肯定有市场。等我攒够钱,我就想去干这个。我还没和老公商量过,这只是我的想法。

老公常说我没脑子,我自己也承认。几年前,我老公就说要在上海郊区买房,我坚决不同意。我当时想着,以后早晚要回家,买房干啥呀。前年,我老公说要在昆山买房,又被我给拦下来。哎,要是买了的话,现在都涨好几倍了,全怪我。

今年,我想明白了,一定得买房。我老公一直跟着私人老板,没缴过社保,我缴的社保时间也不够,我俩都没有在上海购房的资格。我们计划在上海旁边的昆山买套房子,想着买了以后,可以出租给人家。房子是看好了,但由于房价上涨太快,上家反悔,不卖了。我们给他付了2万元定金,他多赔了我们1万元钱。其实,重点不在赔多少钱。时机错过,房价又涨了。

最近，我和我老公还在看房，我们看中昆山花桥镇的一套80平方米的新房，近期准备签合同了。

在上海，好多人都有梦想。我喜欢上海，因为在这里，只要你沉得住气，有耐心，就能成事。没有耐心，啥事也成不了，在哪儿不是这样呢？

三言两语的题外话

龙芳莉：行走，是人类永恒的话题，古时候逐水而居，到了现在，我们行走的范围更加扩大，步伐也更加频繁。我的祖辈从江西到湖南，父辈从湖南去新疆，我从新疆来到上海。

记得刚到上海那阵，有一次站在人潮汹涌的徐家汇，看着攒动的人群，突然想到："未来，我的孩子就会在这里成长，她（他）会跟我小时候有完全不同的生活。大漠孤烟，戈壁荒滩，将存在于她（他）母亲的故乡梦中。"念及此，有很复杂的情绪流淌，怅然若失。

现在，我在上海成家立业，孩子也好几岁了，她的环境当然跟我完全不同，学英语、学唱歌，未来看她的喜好还要学跳舞、学画画……在上海，这一切都便利而自然，她也许不会像我小时候一样，有宽广的生活环境，但她会有更宽广的视野，也许有一天，她也会去远方，去一个实现她梦想的地方，也许是国外，也许还有可能在外太空。像我的父母一样，我也会舍不得，但会笑着助她前行。生长的地方，是祖祖辈辈跋涉的故乡；有梦想的地方，是我和孩子们不断追求的远方。

Tina：一年半前，从苏州分公司调到上海总部。和很多每天往返苏州、上海两地的同事不同，我选择了在距离公司最近的地方租房。

聚丰园路是一条快乐的街道

三言两语的题外话

Tina 前半年的生活,工作成了生活的核心,忙碌却自得其乐。半年后,男友因为忍受不了全然不顾家的工作狂女友,提出分手,那时我才意识到,原来生活不只有工作。同样,上海不只有公司附近的方圆数里。上海的魅力在于它更像是全国各地、各行各业、各色人等的缩影。所以要走出去,才能见得多,进而心更开阔。

与男友复合后,他也跳槽来到上海,于是搬家。为了可以养狗,我们找尽上海中介,走访各大房东,终于落脚在一个老公房的6楼,1988年建造,靠马路,每夜车辆路过,如同火车钻入地洞般轰隆作响和颤动,连狗狗都开始失眠。因为睡不好,外加高强度工作压力,三个月后男友果断辞职,在再次拿到上海的三个offer后,选择回苏州创业,我继续留守上海。

现在,我工作日在上海,周末回苏州。男友创业做得非常顺心,两人感情非常稳定。这种双城的生活让我们不断选择,不断寻找自己最爱的工作方式,也让彼此更加珍惜对方。

每一个选择都没有对与错,但是勇敢地不断尝试,总会发现哪一种更适合。

侯玉芳 越来越喜欢看刘老师的文章,特别是这个系列。关于外乡人在上海的文章,开始是看看热闹,正式签了上海的工作后,突然有了共鸣。未来要面临的压力很大,但是主人公说得好:"喜欢上海,因为在这个地方,只要你沉得住气,有耐心,就能成事。"

三言两语的题外话

> 慢慢来,不要怕,这个城市,当你温柔相待时,她也会很美。

作者回复

Mingjunqin
> 或许这也正是上海的魅力所在,只要你有能力,它就会给你机会。

祝碧云
> 您描述的都是民生,其实这就是生活,有苦也有乐,个中滋味,各种感悟。越来越被您的文章吸引,没有华丽的辞藻,但是字字句句都是身边事!

06 神州专车司机：为了家庭，我只能逃离东北

深夜11点，飞机降落虹桥机场。到达虹桥机场P6停车场后，登机前预约的神州专车司机很快就位。

司机是位壮实的中年男子，一口浓重的东北口音，带着天然的喜感："先生，跟您确认一下，您是去聚丰园路？"我点点头。"今天运气真好，我也住在聚丰园路，拉您到家后，我也收工了。"对这个订单，司机显然很满意。

一路上，我和司机闲聊起来。

我："我是第一次在神州专车上碰到东北司机。"

司机："能理解。今年（2016年）一过完年，我就来上海，在神州开专车，我自己都没碰到过东北老乡。"

我："开专车，挣钱吗？"

司机："还好吧，一个月，努力干，1万多元还是能挣到的。"

"那您一天得工作多长时间呀？"我和太多的专车司机聊过天。我知道，如果一个专车司机的月收入超过1万元钱，那意味着他每天得工作相当长的时间。

司机："我每天早晨4点半出车，晚上11点半或者12点收工。一周工

作6天半,周日下午休息个半天。"

我猜到他的工作时间比较长,但没想到会如此之长。"4点钟出来,有生意吗?"

"有呀。"司机说,"4点多出来后,能跑一两次机场,再赶个早高峰,挺不错的。不早点出工,挣啥钱呀?"

"犯得上这么玩命吗?"问完这话,我就后悔了。

司机似乎没有觉得不妥,"不玩命不行呀,一家老小要吃饭,孩子要念书,老太太、老爷子要吃药,都指着这1万多元"。

"家里人都在上海吗?"

"哪能呢?都在上海,这钱就不够花了。"司机笑笑,"这1万多元钱,搁上海,啥也不算,搁在东北家里,可顶事了!"

"这话怎么讲?"

"我老爷子和老太太,两人退休金加一块儿,每个月不到3 000元钱。老爷子好喝一口,又爱抽个烟,每天不喝一瓶酒、抽两包烟,日子就过不去。好烟好酒跟不上,差点的总得管够吧。我老娘身体不好,一个活药罐子,三天两头往医院跑。我们那儿,好多药,医保报不下来,老太太舍不得吃,就忍着,一宿一宿地睡不着觉,躺床上抽抽。我老爷子受不了,打电话训我,说你妈快死了,你给俩钱,买个药吃,行不行?"说到这儿,司机竟然笑了,"我老爷子该吃的吃、该喝的喝,一辈子没心没肺,我可以不管他。可我老娘受了一辈子苦,年轻时单位里憋屈,老了一身毛病。总不成有个儿子,还没钱治病吧?"

"那是,那是。"我应和着。

"去年年中,我带我老娘去看病。"司机继续讲,"没承想,病还真重。医生说,得住院,还给开了好些药,都不进医保,全自费。"

"没托人问问?"对东北的人情世故,我多少也有耳闻。

"怎么会不托人呢!"司机突然激动起来,"托了好些朋友,都找到院长了。人家院长直接跟我说,你妈这病,治不治都是那样。治也治不好,

53

聚丰园路是一条快乐的街道

不治也挺难受。你别住院动手术,省下那钱,买点药,自己吃吃得了。"

"这院长可够干脆的。"不回应一下,我总觉得不好。

"我当时一听,就上火了!要不是好哥们介绍的,我非当场抽那院长两个耳刮子。这说的是人话吗?"

"那咋整?"

"直接动手术呀!"司机说,"动手术,不贵,医保还能报一些。关键是手术前后那些乱七八糟、看都看不懂的自费药,没辙呀。医生每次都说,进口比国产的好,自费的管用,不自费的没啥用。您给评评理,我能怎么办?我又不是医生,还不是那帮人说什么就是什么。后来,我妈也不见好,做完手术,回家接着吃药。那药可真贵,一天就是200多元。小半年下来,家里的积蓄就吃空了。"

"没个兄弟姐妹?"

"上哪儿找兄弟姐妹去?"司机带着怒气,"计划生育那年,我妈说本来还有个弟弟,工厂的厂长缺德,强拉着我妈去做了人流。我老爷子听了这事,跑到厂长家里,直接把他家给砸了,结果,老爷子自己也给关进局子里。"

"你是哪一年的?"

"79年。"司机说,"属羊,命苦。我老娘这儿吃药花钱,我闺女那儿也赶着要钱。"

"打断一下,您是东北哪里人?"

"长春。"司机思路非常清晰,接着说女儿的事,"你们上海的孩子补课,补奥数,补英语,补作文,都是往好了补,往高了补。我们那儿补课,您知道都怎么补吗?"

"怎么补?"

"我闺女她们学校那老师,真是不负责任。暑假放假前,开家长会,明着跟家长说,下学期上课,一个半月讲完一学期的课,后面的就是自己做题。"司机说这话时,几乎是咬牙切齿了,"我抽他们的心都有。那些个老师，上课不好好讲课，全是在混。老师明说了，学校的钱没几个，不值得给你们孩子好好上。要学东西，参加课外辅导班，跟着好好学。"

听着这话，我都有点上火了："那参加辅导班吗？"

"咋敢不参加？"司机喷出无数粗话，"……，老师上课不好好讲课。咱孩子是自己的，不能耽误呀。别人孩子都念，咱孩子也不能不念呀。"

"辅导班贵吗？"

"可不就是贵嘛！"司机说这话时，回头看了我一眼，"一科一个月800元钱，我闺女报了语文、数学、英语、物理，一个月就是3 200元钱。"

"3 200元？"我自己回味了一下。

司机显然对我说3 200元时的语气不满意："您可别小看这3 200元钱。在长春，普通工薪阶层上个班、打个工，一个月也就三四千元钱，碰上个单位好的，能整个5 000元，就了不得了。"

还没容我回应，司机自己就开始补话："现在，东北哪还有啥好单位。民营企业要么半死不活，要么就是有关系。那有关系的，挣那些钱，还不够打点的。国有企业，也没见个好的。"

"那您以前是干什么的？"

"最早是做生意的。早些年，做过网吧，后来不挣钱了，我又开饭店，熟人朋友来吃，又是打折，又是赊账，还有些机关来我这吃饭，挂账，越挂越多，最后都成了烂账。没挣着钱，还欠了好多账。再然后，开了个赌博机房，红火了大半年，碰上严打，连我自己也给关进去了。"司机说到这儿，难为情地笑笑。

"再后来呢？"

"后来我就想着找个正经工作干。老娘要吃药，闺女要念书，老婆还得养着吧。可整个东北，到哪儿找工作去呀？到哪，都得找关系。我中学同学在某局当个小领导，看在当初我开饭店时白吃白喝的份上，给我介绍了个工作，去一家国企，给人干保安。"

"好歹是份工作。"我随口附和。

聚丰园路是一条快乐的街道

"您不知道,那国企管保安的头儿狮子大开口,说要送2万元钱。"司机说,"我知道,找工作要送钱,哪承想,干个破保安,也要花2万元钱。一个月才挣2 000多元钱,我吃饱了撑的,养不了家不说,还得白送2万元钱出去。"

"那您没去干保安?"

"没去。"司机恨恨地说,"我那同学后来跟别的同学传话,说我假清高,还以为自己是大老板。"司机有点无奈,"他这话难听,但也在理。谁说不是呢?在我们那儿,办个啥事,都得求人,给钱能办事,就算好哥们了。我不怪那同学,谁叫咱自个儿没能耐。"

"完全找不到其他工作?"

"完全没有机会。"司机说,"我找了一两个月,眼看着过完春节,孩子的补课费就出空缺了。咱闺女是要面子的孩子,她知道她爸爸缺钱,从来不跟我提啥要求。今年春节,我说给她买件新的羽绒服,咱闺女说了,她在长个儿,买新的,明年又穿不上,别浪费。我知道,那是她心疼她老爸没钱。"

司机接着说:"我媳妇跟我商量,说这样下去不是个办法,活人总不能憋死在这儿,要不我去海南吧。"

我脑子里迅速飘过在三亚遇到的东北海鲜馆,相当不美好。就在这当口,司机说:"我当时就训我媳妇了,你个老娘们,去海南,能干啥好事?咱家是正经人家,男人没死绝,你给老子好好待在家里。"

司机说:"我和我媳妇好好谈了一宿,然后就决定,过完春节,我就去上海。"

"您这一个人,挣的是一大家子的救命钱。"

"是呀。"司机说,"所以,每个星期天下午,我要休息半天,给自己放松放松。上海这个地方,吃的其实不贵,就住的地方贵。我和别人合租,不讲究,小破房子,上下铺,一个床位,房租400元钱。平时开车,开到哪儿饿了,就在哪儿找个小面馆,小包子铺,吃个饭。一个月也就用个一千五六百元钱。每个月,给家里,怎么也得寄个1万元钱回去。"

"厉害!"我由衷赞叹。

"嗨,厉害个啥。"车已经到小区门口,司机在手机结账后,特意把女儿的照片调给我看,"我闺女,漂亮吧?我闺女天天给我发语音,提醒我不要太累,不要太省,要吃好,要照顾好自己。"

"真是好孩子呀!"

"是呀,我闺女还说,等她以后工作了,她要买一套好大好大的房子,报答我和她妈妈。"

我提了个不适合的问题:"房子买在东北吗?"

司机愣了一下,"不,不,绝不能。我们大人吃这些苦,就是指望闺女能考个好大学,离开东北。东北,不能再待了。"

离去的时候,我给司机留下100元钱的小费,但被拒绝了。"大哥,我来上海快一年了,都没说过今晚这么多话。跟您唠了一路,心里头舒坦。"

三言两语的题外话

郑磊:这位司机上有老下有小,为养家糊口,只身离家找出路,每天起早摸黑辛苦开车,凭自己的劳动合法赚钱,不偷不抢不贪心不诈骗。

他是一个司机,更是一个儿子、一个父亲、一个丈夫,他的就业关系到一个家庭的生存。国家稳定与社会和谐正是由一个个安稳幸福的家庭构成的,希望政府能给这样的外地好司机一条生路。

聚丰园路是一条快乐的街道

三言两语的题外话

吕泽远：看到是东北，点了进来，看到长春，心里一震，快涌上泪来，久久不能平复。我很幸运，是一个暂时逃离出来的长春人，还能够为未来而奋斗。对这位专车司机的每一句话都能感同身受，产生强烈的共鸣。对于家乡，其实我觉得最可叹的不是它的衰败，而是观念落后。身边的朋友曾经形容过，在上海，朋友们见面喝茶、喝咖啡，聊着最近在哪儿发财、有什么赚钱的路数。而在东北，朋友们见面喝酒撸串子，只会骂娘吹牛皮。所以，在那里生活久了的人，要么是被同化成一路人，永远禁锢于此，要么彻底逃离再也回不去。在上海漂着，难，累，但至少这个城市告诉我，只要足够努力，你一定会有机会。毕竟这里，大概是这世界上最公平的地方了。

小舞：以前总有人说逃离"北上广"，逃离没有人情味、靠实力的城市，殊不知靠实力总比靠关系好，逃进"北上广"，远离关系社会，才是我们这一辈想要的生活。

徐辛夷：外地学生完全理解司机的无奈和不甘啊。无奈是因为没有生在大城市，要想享受便利，只能自己苦苦挣扎。不甘就是不甘心自己的后代再走自己的老路。一切能换来更大价值的付出，都是值得的。这个城市这么有活力，真的值得我们赌一把青春，换一个命运。不管你是为了家庭、为了生存，还是为了梦想。

三言两语的题外话

晓洪：好鲜活的故事，超级赞啊！上海虽然是个不讲人情的地方，但是全国最讲规则的地方，这也是魅力所在。

王小宇：能通过高考离开东北，大多学子心里多半是"万幸"两个字，可能没有比东北人更不喜欢自己故乡的了，因为了解，所以远离。因为故乡，所以不归。

刘梦潇：今年去东北待了一段时间，对此深有感触。计划经济大锅饭观念的深植骨髓，对权力的崇拜与依赖，市场空间的逼仄，难以想象东北人是中国最早拓荒者的后代。这个司机好样的，拓荒精神不灭。

李睿哲：看过之后我想起了前一段时间在"罗辑思维"上听到的一期节目，说的是为什么年轻人应该留在"北上广"。虽然"北上广"房价物价都高，但是这里相对中国其他城市，更讲规则，更加公平，人们在这里有更多的机会。只要自己足够努力，是可以改变自身命运的。正如上文所言，在二线、三线城市办什么事情都要找关系、送礼，这已经是潜规则。可以想象，年轻人想要在那样的环境中成长，会有多累多困难。为了提升自己的见识，为了将来更加长远的发展，不管房价多么贵，我还是会选择留在"北上广"这样的国际大都市，因为我相信，在这里，我可以凭借自身的努力实现财务自由，并且不断成长。

聚丰园路是一条快乐的街道

三言两语的题外话

王芳：看了有想哭的冲动。

Selina：在字里行间，体味到的是在生活的辛苦无奈之下，这位司机叔叔的踏实、真诚、责任感和满足感。如果不是生存的压力，他可能也会在东北混一辈子。也许，拥抱新环境，更多是因为被旧环境抛弃之后不得不走的路。上海无疑是一个正确的选择。"一个人的环境限制一个人的事业，但一个人的性格却选择一个人的环境。"是为了生存和发展趋向大城市，还是混吃混喝"被尿憋死"留在原地，成为时代洪流下的、决定个人和家庭未来命运的重要抉择。越来越多的青年可能主动选择前者。

另一方面，上海的秩序、活力和可能性的"魔力"吸引着大批外地人，也反衬出其他地方的不公、乏力和无出路。

我们不禁要追问，究竟是什么让故乡变成了难以居留的远方？而出走的人们又是否愿意以及如何反哺自己的家乡？这些关于发展不平衡的复杂的政治经济问题，在过去两年春节的"返乡书写"热中，曾被广泛讨论，但似乎仅止于此。年关将近，司机叔叔回家吗？

祝碧云：穷人家的孩子早当家，这闺女真懂事，这个财富是一般有钱人家的孩子没有的。

> **三言两语的题外话**
>
> **施晓文** 祝福与感动的同时,希望自己能真的了解这所有话背后的真实与艰辛。纯粹的感动只是感动,我绝对不能只是感动而不从中做出改变!感谢司机师傅给我上了宝贵的一课,也祝福司机师傅,生活总归是不断前进的!

07 一个上海阿姨的家长里短

我出生于1955年,上头有三个哥哥、一个姐姐,下头有一个弟弟。爸爸原来是部队里厢的,妈妈退休之前在邮政局上班。

老早,我们家住在番禺路上海影城附近我爸爸的老房子里,我姐姐和我的户口都在里厢。2003年动迁,我们家分了两套聚丰园路学林苑的房子,一套两室一厅,一套一室一厅。我姐姐拿了一室一厅,我们一家跟着我爸爸,住了现在的两室一厅。

1965年,我姐姐去新疆支边,1995年在新疆退休后,和她老公一起,户口回到上海,迁进我爸爸妈妈家。过了年,我姐姐虚岁70岁。姐姐家原来的房子在五楼,人年龄大了,天天爬上爬下,吃勿消。三年前,就卖掉了,一室一厅,60多平方米,150万元,换了顾村高层的电梯房。她原来卖掉的房子,去年涨到350万元。她也没吃亏,顾村的房子跟着一道涨。

姐姐的女儿(外甥女)个人奋斗成功,外企高管

当年,按照规定,上海每个去新疆支边的家庭有一个小孩回沪的名

额。在小孩满16周岁后,户口可以迁回上海。我姐姐在新疆结婚,有两个孩子,老大是儿子,老二是女儿。姐姐、姐夫最早是想把老大的户口迁回来,怎么说也是儿子。结果,我爸爸妈妈不同意。

外甥女1973年出生,1周岁的时候,就送回上海外公外婆家,在外公外婆家里长大。姐姐家的老大养在新疆,每年放暑假,回上海两个月。那个辰光,我爸爸当着姐姐、姐夫的面就讲,外甥女从小在上海长大,要进户口,只能外甥女进来。外甥女一满16周岁,户口就进到我们家。为了这事,我姐姐和我爸爸闹得很不愉快。

1972年12月,我参加工作。那个辰光,我爸爸在部队里厢,一个礼拜回家一趟。我妈在邮局里坐办公室,365天,差不多天天要上班,一个礼拜休息一天。我妈妈她只管上班,勿管屋里厢,她年年评先进。外甥女来上海,说是给外公外婆带。外公外婆没时间,外甥女就交到我和我弟弟手上。

外甥女上幼儿园的辰光,我跟我弟弟两个人,翻来翻去,把外甥女带大。我弟弟上中班,早上就她送去幼儿园,晚上我接;我弟弟上早班,就我送,他下班了去接。吃喝拉撒,我都要管。迭个辰光,我在黄浦区服装公司上班,每天下午4点,下班铃一响,嘣的一声我就冲出去,急吼拉吼去接外甥女放幼儿园(说到这里,阿姨自己笑个不停)。我妈妈能评先进,我从来评勿上。

1981年,我谈朋友的辰光,外甥女8岁,出去白相,到哪儿都带上她。我妈妈不在家,我弟弟也要玩的,哥哥们都是单位里厢的厂长,忙得勿得了,早上出去,夜里老晚回来,整天看不见人。我去公园,去看电影,都要买三张票,帮"拖油瓶"也买一张。

外甥女在复旦附中念高中,那是上海顶好的重点中学。1992年,外甥女考大学,考上复旦大学。

高考一考完,外甥女就坐火车回新疆了。她1岁来上海,从来没有回去过。我三哥顶替我妈,在邮政局上班,安排邮政车厢照顾她。买好火车

聚丰园路是一条快乐的街道

票,上了车,坐在邮政车厢,邮政的两个师傅,一路照顾她到新疆。毕竟是小姑娘,第一趟出远门,没人照顾,家里人总归不放心。

我这个外甥女,真的是人才。大学毕业,她报考了十家银行,什么中国银行、汇丰银行、花旗银行,好多名字,我都弄不清爽。

招聘辰光,一关一关,招聘的人家问她,你爸爸妈妈是干什么的呀?她说,我爸爸妈妈在新疆。招聘的人家一愣,你这么聪明,爸爸妈妈哪能会在新疆?其他人的父母要么是局长,要么是处长、厂长,多多少少都有各自的门路,各自的关系,我家外甥女,硬是凭自己的真本事,一路考上去。

后来,十家银行都录取了她。她问我大哥,去哪个银行好。我大哥是公司里厢的总经理,见多识广。他讲,德国银行好,老板人好,做事大气,日本的不好,小家子气,抠抠唆唆的。

她去的第一个单位就是德国人的银行。第一趟,老板给她订合同,七年。七年里厢,好多银行挖她过去。过了七年,老板又要给她订七年的合同,她不要,就订了两年的合同。两年时间一到,她跳了槽。现在,她是美国一家大公司负责整个中国业务的最大的老板,在浦东最高的楼里厢——环球中心办公,年薪三四百万元。

1998年,外甥女结婚。谈朋友的辰光,外甥女婿一家因为自己是上海人,看到我外甥女爸爸妈妈是新疆的,还有点看不起她。刚开始,两个人的工资差不多。她老公是搞计算机的工程师,交大毕业,挣钞票蛮灵光的。现在,我这个外甥女一年三四百万元年薪,比她老公结棍得多。早先,她在静安寺,花50万元买了个70平方米的两室一厅。后头,嫌小了,2008年,在古北,买了个四房两厅两卫的,花了280万元。那个时候的280万元,老贵了,现在不得了,值1 000多万元了。

外甥女小的时候,内衣内裤、袜子,都是我帮她汏,当自己的亲生女儿养,想着小姑娘老可怜的。现在,难般见到我,姨妈姨妈的叫个不停,亲得勿得了。她老公见了我,也是很亲的。

姐姐的儿子（外甥）因为一封信，回了上海

姐姐家的老大，1971年生的，一直在新疆，跟着姐姐、姐夫。我姐夫一门心思指望老大读大学，考回上海，可是这个老大，偏偏跟他妹妹是两个人，勿欢喜读书。高中毕业，就不读了，跑去学驾驶，要当驾驶员，我姐夫差点都气死了。

那个辰光，驾驶员也蛮挣钱的。外甥学好驾照，就在新疆开大卡车，跑长途。每次出车，少则一个礼拜，多则两三个礼拜。这个大外甥聪明还是蛮聪明的，不但车开得好，还会修车。

我爸爸妈妈在场中路有一间房子，考虑了几年后，打算留给我姐姐。1995年，我爸爸写信给我姐姐："你也好退休了，早点回上海来，场中路这里有间房子，留给你。"信寄到新疆，邮递员透过门缝塞进屋里厢。正好农忙，我姐姐姐夫都在外面，根本没时间回家。

外甥出车回家，看到信，二话不说，给他爷娘留了张条子，跑到单位里厢，请了半个月假，买了张火车票，就来上海了。我姐姐回到家，看到儿子留的条子，写着去上海看外公外婆给的房子，她完全搞不懂是什么情况。

我姐姐写信来问，问她儿子是不是在上海。我们收到信，给我姐姐打了个长途电话，告诉她，外甥是在上海。

外甥一来，就不肯走了。那个辰光，部队里厢搞三产，帮人家厂里厢接送人。我老爸刚刚从部队里厢退休不久，还认识些熟人，就托人把外甥介绍去开车。这一做，就是三年。这三年，每个月1 500元钱，奖金没有，加班费也没有。

外甥讲给他妹妹听，他妹妹就是后来在美国大公司当总经理的外甥女。外甥女一听就火了，这个老板哪能这样，叫伊加班，加班费总应该要有的。外甥女的大学同学很多都是各个公司搞财务的，现在都是大公

聚丰园路是一条快乐的街道

司的财务总监了。那个时候，外甥女托她的闺蜜帮忙，帮她哥哥介绍进了一家外企，帮着大老板开车。1998年开始，一直做到现在。别人的合同一年一订，他的合同三年一订。只要不犯错误，可以一直做到退休。

1995年，我外甥一个人跑回上海后，我姐夫就开始张罗把他的户口办回上海。

外甥回来后，我爸爸妈妈把场中路的房子给了他，一间房，18平方米，有独立的厨房间和卫生间。后来他回新疆一趟，办了辞职，和在新疆时的女同学旅行结婚。

1998年下半年，他在宝山的一个小区买了套85平方米的房子，19万元。他老板赏识他，贴了他5万元。那个辰光，5万元钱不得了。

外甥买房子的时候，有个政策，如果19万元一次付清，没有贷款，就可以办一个蓝印户口。上海就这么一次买房子送户口的机会。当时，市中心的房子，19万元可以报户口，宝山地区，12万元就可以了。这个政策勿得了，房子卖了好多，都是做生意的外地人买的。有的人家买了几套，一套只好报一个户口。人家都是给小孩报户口，后来买的人太多，这个政策实行半年辰光就取消了。

那个辰光，如果我外甥一次性付19万元，他也可以把他老婆的户口办到上海来。最终，他还是没有报，19万元实在拿不出，妹妹也没工作几年，不好意思开口，就算开了口，借了以后拿什么去还。个么，我外甥就贷了款，放弃了这次机会。15年后，他老婆的户口也上来了。

我外甥这个孩子，比一般的上海小孩能干得多。1995年回上海，开车到现在，从来没有出过差错。每天晚上，再好看的电视，他都不看，就连他最欢喜的世界杯直播，也不看。夜里厢，一到9点半，他就睡觉，雷打不动。每天早晨6点出门，6点半上班。场中路那边房子的周围邻居好多人都欢喜搓麻将，这个也叫，那个也喊，他不去的，从来不沾麻将。他这个小囡，从新疆回来，吃过苦，会管理自己，就是不一样。

外甥现在一个月能挣一万多元钱，不吃香烟，不吃老酒，不搓麻将，日子过得老好的。

我的女儿生了两个宝宝，五年不工作了

我姐姐1947年生，过了年，虚岁就70岁了。人家都讲她运气好，先苦后甜。她的儿子、女儿都挣大钱，老两口现在只要管好自己就可以了。

我女儿原本在传媒公司做设计，很有才华。一结婚，好嘞，生了两个女儿，五年没上班。

我女儿谈朋友的时候，我外甥女根本看不上这个女婿，要给我女儿介绍更好的。五年前，我女儿结婚的辰光，我女婿的工资才三千多元。我外甥女说，现在要当经理、总经理，钞票才多，一般的公司职员，一万多元，不得了了。可是，我女儿对女婿死心塌地，20岁谈朋友，26岁结婚，一个朋友谈到底，谈了整整6年。我女儿长得蛮漂亮的，结婚照拍好了拿出来，人家都说，哎哟，像陈蓉嘛！陈蓉，你晓得的，上海电视台的主持人。我一看，真的像，大眼睛，双眼皮，皮肤白，人又瘦，人家都夸她长得好。

女儿结婚，我们给了她20万元陪嫁，外加2万元钱买嫁妆。阿拉外甥女就讲了，钱要给在明处，不要偷偷摸摸地给，要当着她公公婆婆的面给钱。我本来打算直接给我女儿一张卡，我外甥女讲我了，别人谁知道你吹牛给了多少钞票。所以，我去银行搞了个存折本子。

结婚前一个礼拜，女婿的爸爸妈妈请我们吃饭，当着他们的面，我把存折给了女儿。女婿的爸爸戆特了，说真不容易。我的退休工资是3 550元，我老公是电工，还在上班，工资也就5 000多元。20万元，是一分一分省吃俭用出来的，不容易嘞。就一个女儿，早给晚给，总是要给她的。这20万元，头天给女儿，一转头，她就给女婿买了部二十几万元的车子。我很有意见，我老公劝我，钱是给女儿的，不就是让她高兴吗？她欢喜干什么就干什么，你管嘎多做啥？

话是这么讲，可是事情哪能这么办呀？上海人结婚，时兴给彩礼钱，90%的女方屋里厢都要的。不是说我们做爷娘的卖女儿，男方给了彩礼钱，我们也不要，还不是都给了女儿做嫁妆。小两口手里多点钞票，日子过得好一点，多好。女婿的爸爸妈妈完全不提彩礼这个事。虽然一分钱没拿到，我们也没觉得怎么样。女婿家是一个儿子，我们家是一个小姑娘，我们这些老人家，都要老的，还不都是留给他们小两口，这个我也想得开。

提亲的辰光，女婿的爸爸妈妈给我们讲，他家在七宝有两套房子，一套138平方米，一套70平方米，隔着一条马路，走5分钟就到。我女儿说要分开住，不住在一起。她公公提出，两个小囡都不会做事体，谈谈朋友还可以，过日子，哪能过得下去？还是住在一起好，他们两个老的还可以照顾两个小的。他们家里138平方米的房子，两个朝南的房间，公公婆婆住一间，我女儿女婿住一间，住得开。70平方米的房子，早晚要给小两口，现在租给人家住，收的房租，算作小两口的生活费。我和老公一听，觉着亲家会过日子，还讲道理，真是不错。我们家的小姑娘，厨房间从来不进的，不要讲烧饭，家里的酱油醋瓶在哪里，她都勿晓得。个么，我女儿女婿结婚后，就和公公婆婆住到了一起。

女儿这个公公，怪也蛮怪的。儿子这个月结婚，伊这个月就把70平方米的小房子挂牌，要不了两个月，房子就卖出去了，卖了155万元。那个辰光，我女儿讲，恐怕是要给他们换大房子。我也跟我老公讲，错怪亲家了，人家要买大房子，怪不得不提彩礼钱，我真是小肚鸡肠。

想是想勿到，70平方米的房子卖脱了以后，女儿的公公紧跟着在他们家附近买了个更小的，50平方米的一室一厅，用了125万元。一进一出，老头子赚了30万元，一分钱不给他儿子儿媳。这老头子，也蛮结棍，自己搞装修，门窗漆漆，墙壁刷刷，转手租给人家，3 000元一个月。我女儿心里不舒服，还没话好讲。

女儿结婚后，前后生了两个女小囡，老大2012年出生，今年（2016

年)4周岁半,老二2013年出生,刚过3周岁。生好老大,我女儿本来是要去上班了。下个礼拜一准备上班去,没想到,礼拜六在家里吐得昏天黑地。想想不可能又怀上了吧?跑到医院,一检查,还真是又有了。小囡各方面情况都很好,做掉好残忍,只好生下来。这一生,好嘞,我女儿就彻底屋里蹲了。

提亲的时候,她婆婆口口声声说要给小两口带孩子。婆婆以前在政府里厢上班,退休工资有七八千元钱。退休后,返聘在私人公司打工,一个月5 000元,每年年底还有5万元年终奖。婆婆是女强人,工作人,不欢喜做家务,回家来照顾小囡,她是不肯的。

女儿生老大的辰光,我想着,既然小囡不让我带,我就多出点钱,给了女儿两万元。生老二的时候,我给了一万五千元。

女儿两次坐月子,都来我这屋里厢。我女儿说要请月嫂,我讲,我又不是不会烧不会弄,我身体好好的,愿意伺候你,你作天作地的干什么?你老公一个月才3 000元钱,又不是大老板,他要是一个月挣3万元钱,你们请两个月嫂,我都懒得管。女儿被我说服了,安安心心在我家坐月子。坐月子的辰光,女婿也住我家里。她婆婆每个礼拜天跑过来看一趟。

老早,谈朋友的时候,公公婆婆对我女儿倒是老好。结了婚,特别是生了小囡之后,公公跟换了个人似的。她公公有洁癖,要住得清爽,家里地板打了蜡,蹭亮蹭亮,手摸上去,一个印子,脚踩上去,也是个印子。家里有两个小毛头,总归没老早清爽,地上掉个东西,踩个脚印,噶正常的事体,他也看勿惯。为了这些小事体,他骂我女儿:"注意一下,这里是什么地方?又不是公共场所,怎么弄得一塌糊涂?"我女儿高兴了,就给他骂两句,不高兴了,就回他:"什么?又不是我弄的,是你家孙女弄的,侬勿要七讲八讲,你怪我,算啥事体?"老头子被还了嘴,不愉快,就开始盯牢我女儿,找伊的麻烦。个么,两个人闹得就更不开心了。

女儿公公家,不吃隔夜菜,素菜不吃,荤的也不吃。中午的辰光,婆婆在外头返聘上班,女婿在公司里厢,公公爱煮个清水面,或馄饨,随

聚丰园路是一条快乐的街道

随便便就打发了。我女儿每天起得晚,不吃早饭,午饭没有菜,就跑到外面,自己买了吃。公公看不惯,两个人又是吵。

吵得不可开交,我看不下去,跟女儿讲,不开心,就搬到自己家来住,房子嘛,是挤点,最起码中午吃饭,菜还是有的。话刚讲出去,女儿一家四口就迫不及待地搬进来了。

我家里90多平方米,两室一厅的房子,小的一间是弟弟的儿子住,大的一间让给女儿女婿一家四口,我们老两口住客厅。她这一来,就住了一年半。

我女婿会花钱,欢喜吃老酒,抽香烟,喝咖啡。一杯咖啡,最便宜的也要25元。他讲,一天不吃三杯咖啡,做事体都没意思。易拉罐啤酒,一顿晚饭,能吃六罐,便宜的还不吃,只吃三得利。葡萄酒,150元一瓶,一顿饭就喝掉了。隔夜菜碰都不碰一下,他欢喜鱼、蟹、虾,肉不大要吃的。有趟,我买了条鳜鱼,不是最新鲜的那种,但也不是死的,正在蹦跶,马上要死的,我想着便宜嘛,调料弄弄,差不多,也吃不出来。结果,吃完饭,我女儿问我,你今朝买的什么鱼?我问,啥事体?女儿讲,他说,肉不新鲜,老了,死僵相。哎哟哟,就这样,他都吃得出来,你说他这嘴多刁。我们最开始,没生活在一起,不知道他有这么多毛病。钞票挣得勿多,坏毛病倒是一点不少。

我女儿住回家以后,跟我讲,礼拜六、礼拜天,中午包馄饨吃,晚上你不要搞,我们在外头吃。头几个礼拜,我没听她的,照常准备,结果他们一家四口出去吃饭,害得我和老公吃了好几天的隔夜菜。我女儿也是会花钱,他们的房间,还有我家的客厅,到处都是小孩子的玩具,堆得扑扑满。小孩的车子,买了十几部。两个小孩,刚刚学会说话,就一人一只iPad。

女儿女婿住我家,我看不惯,久了,他们也看不惯,毕竟生活习惯差别实在太大。

女儿女婿在我家住了一年多,家里的亲戚朋友都出来做她公公的思想

70

工作，就一个儿子，有什么好怄气的，一家人，马马虎虎就可以了。亲家总算想通了，2015年年底，把50平方米的小房子卖了190万元，给了我女婿女儿150万元，让他们自己去买套房子。女婿女儿悄悄地就把房子买了，也不跟我们商量。直到买好了，才告诉我们。房子买在嘉定万达，迭个地方蛮闹猛的。2016年6月拿到钥匙，8月底就搬了进去。

女儿女婿的新房子，买进来的辰光，310万元，过了一个月，就涨到350万元。首付150万元，贷款160万元，每个月贷款要还7 000多元。我女婿现在一个月挣15 000元，大手大脚惯了，每个月砍掉7 000多元，真要抽筋啦！

我女儿拿到房子钥匙的辰光，我给了她10万元钱。装修呀，家具呀，电器呀，样样都要花钱。她现在不要我带孩子，我惬意得很。之前，她住我这里，我每天忙得要命，在厨房间转来转去。每天买菜，烧饭，烧了中饭烧晚饭，电视都没辰光看。

知道他们困难，我和老公就尽量多补贴他们一些。两个小囡的压岁钱，去年是2 000元一个，今年一个人3 000元。她们一个9月过生日、一个11月过生日，两只红包，每只3 000元。六月一日过儿童节，两个小囡也是一人1 000元钱。

将心比心，他们现在是困难时期，我能帮多少就帮多少。女儿搬新家后，我每个月去两次，每趟500元，给她送荤菜过去。上一趟，一只鸭子，100元，两只鸡，又是100元，现在的带鱼，也要36元一斤，买四条带鱼就100多元，加上两只鸽子、黄鱼、大排、小排，总归要给她的冰箱塞满。

孩子的爷爷，每个礼拜五去嘉定接小孩。爷爷把菜买好，在嘉定新房子，给他们烧好晚饭。饭吃好了，爷爷带两个小孩回七宝。礼拜天晚上，女婿去七宝，接两个小孩回家。现在，我女儿开始在网上做生意，孩子被爷爷接走了，她也晓得抓紧时间做生意，而不是出去白相花钱了。生意刚起步，一个月做得好，3 000多元，一般性的话，2 000多元。虽然挣不到什么大钱，但女儿总算有点事情可做，我看着也是真心的欢喜。

弟弟突然去世，弟媳改嫁把年幼的侄子留给了我

1998年8月，我弟弟突然生病，发烧，病逝了。那个辰光，热天的8月份，我弟弟死的那天，天气预报，温度39.6度。我老妈妈说，活到七十多岁，从来没有碰到这么热的天。

热得吃勿消，我外甥女到家里来装空调，被老外公骂出去。那时，装个空调要七八千元嘞。外甥女讲，我给你们买，不要你们出钞票。来一次，老外公骂一次。外甥女再不敢装空调了，老外公这个脾气，谁都吃不消。

那时候，大部分家庭都没有空调，医院里也没有。我弟弟那时候发烧，发到41度、42度，人都烧坏了，毛病也没查出来。他走的那天中午，我姐姐陪着他，他已经烧糊涂，开始瞎讲八讲了。他讲，老妈，我要到很远很远的地方去，你马上就要看不到我了。说完没多久，我弟弟开始抽筋，我妈一看，不对，口吐白沫，脸色发白，赶紧叫了救护车。救护车下午两点钟开出去，四点钟，人就没了。

我弟弟留下个儿子，1992年生的。我弟弟去世时，他刚好6周岁，当年9月1日，读小学。我弟弟宝贝这个儿子，自己舍不得吃舍不得穿，都省给这个小子。

我弟弟走的第二年，他老婆改嫁了，侄儿交给爷爷奶奶，也就是我爸爸妈妈手上。弟媳妇改嫁的时候，跟我妈妈说："婆婆，求你帮我先带两年，我刚嫁到人家家里去，不好意思带小子过去。"弟媳妇改嫁的人家，上面有公公婆婆，家里地方小，私房，三个儿子住在一起，每人11平方米，楼上楼下，小来西的，带个孩子不方便。

我妈妈是菩萨心肠，安慰弟媳妇："好，好，好，你放心去，这孩子是我们家的孙子，不会亏待他。"弟媳妇这一去，就再也没管过这个孩子，吃喝拉撒，都是我妈的事。

这个小子，从小不愿意读书，一写字，就哭呀哭呀哭呀。我和我姐姐盯着他做功课，他就哇哇哇地哭，我爸爸我妈妈就骂我们。后头，我们就不管了，现在，我们家里，就这个小子最没出息。

弟弟走了以后，我妈妈饭吃不好，觉也睡不好。一天到晚，都在发愁，愁孙子以后该怎么办。后面几年，我妈妈经常念叨，这个小子，爸爸没有了，妈妈改嫁了，将来我们老了，伊哪能办？2002年年底，我们家的动迁通知刚下来，我妈就先走了。亲戚朋友都说，我妈妈是活生生愁死的。

2003年，我们开始准备搬家。有一天吃完午饭，我爸爸把我老公和我叫进里屋。我爸爸说："我年纪大了，80多岁，一天不如一天，我观察好几年了，这个孩子，给你们，我最放心。"我爸爸手里拿个棒头（拖把的木头柄），很严肃地问我："你答应吗？"我如果敢不答应，我爸爸真会拿那个棒头打我（哈哈哈，阿姨笑得咯咯响）。

我老爸说要打人，那可是真打，不是打着玩的。在我们家，我老爸说谁，没人敢还嘴的。他在家里，一是一，两是两，他说你不好，你要是敢问哪里不好，那是不来赛的。他是部队厨房里厢的厨师长，在厨房间，他最大，他要管好多小兵，人家小兵，都被他骂哭了。在家里，把我们也当成小兵一样凶。我说好好好，我爸爸生气了，什么好好好，一定要说，会好好地照顾这个小子。我爸爸讲，只说好好好，那不行，那是应付，太轻描淡写，一定要说，我好好对待他，会把他当自己儿子一样对待。我就当着我老爸的面，答应下来。

对这个事，我女儿意见很大。她说，这么大的事体，总归一家门坐下来商量商量，老外公一个人就做主了，哪能这样？我讲，那有什么办法，我不答应，老外公就拿棒头打我，你说哪能办？你不答应怎么行。

我老公上班的单位到我爷娘家，走路五分钟。我和老公结婚后，就住在娘家，亭子间上面搭了个阁楼，我们一家三口就住在阁楼上。弟媳妇改嫁之后，我们搬到弟弟原先的那个房间。最早，我在服装厂下岗后，在娘家帮着烧饭带小囡。等我女儿上幼儿园，我就出去工作了。我弟弟走了不

久,有一天,我妈突然跟我讲,跟你老板说一声,你明天就不要去上班了。个么,我又回到家里,照顾弟弟的儿子。这么多年,我们住在娘家,吃喝拉撒,都是我爸我妈的钱,等于没有出嫁,要是住婆家,那又两样了。

人家讲,儿子女儿,都有好坏。哥哥家里的嫂子,都是厉害角色,哪能肯随便带小囡回家?断然不肯的。我姐姐家条件比我好,但是她只顾自己的小家。姐姐很少买零食给侄儿吃吃,从小,我姐姐带自家孙女出去白相的时候,我跟她讲,你也带臭小子一起去,她不肯的。我姐姐的孙女今年18岁,他们也差不了几岁。姐姐给孙女买东西,也不会给侄子带上一份。我们那个辰光,买东西,外甥女、侄子、我女儿,一式三份。买巧克力,都买三块,一人一块,我们大人舍不得吃的。等外甥女出嫁了,我们才不管了。老父亲说,我们夫妻俩对这个小孩好,好的都给他吃,大姑妈不行,跟这个小孩不亲的。

说来说去,只有我这个姑妈来领,总归是我们自己家的人。老早,老邻居们都夸我寻了个好老公。要不是我老公心地好,谁肯养娘家弟弟的孩子?我老公人老好了,在工厂里做电工,还有一年退休。他讲,你们家里的事体,你说了算,你怎么说,就怎么做。他除了上班赚钱、回家烧饭,其他样样事体都不管的。他对我弟弟的小孩也很好,有时候,小孩子不乖,我要讲伊,他总是出来说,讲伊做啥。家里,总是他做好人,我做坏人。

2003年,我老父亲脑子清爽,把孙子的事情交代清楚后,他老是说,我这一辈子的事情,办完了。2005年,老父亲因为脑梗,走了。早些辰光,我老父亲把孙子托付给我以后,外甥女他们每个月还会贴点钱。等我老父亲走了,慢慢地,他们也不管这个孩子了。

现在,各家有各家的生活,总归还是亲戚

弟弟的儿子,今年25周岁,还住在我们家。他亲妈改嫁后,在那边又生了个儿子,房子小,还在等动迁,对这个小子,从来不管,就连领他出

去吃个饭,都没有。

除了外甥女,我们家的下一代,还出了三个人才。

一个是我侄女,哥哥的孩子,80后,她老早是大公司人事部里厢的总经理,后来越跳越好,现在跳到一家汽车公司,年薪90万元。她找的老公,也是总经理,年薪120万元。另一侄子,1981年生的,自己开公司,钞票挣得老多,住的房子,是陆家嘴的豪宅。我大侄子,跟着我大哥在外地,自家开连锁饭店,生意好得很,这是我家里唯一一个继承了我老父亲手艺的人。

爸爸妈妈在的时候,大年初一,一大家子人,都在我家里过。原先,我们一大家人,关系好得很。两个老人走了以后,大家平时也不大往来,各有各的小家,谁都忙,有事就打个电话。

现在,我们一大家人,每年过年,总要聚会一次。清明扫墓,我们这一辈人都去,小孩子嘛,有空就去,没空就不去。他们接触的是高级人员,我们接触的是老百姓,他们跟我们说话,说不上的。今年(2016年)过年,他们各家都去国外玩,有的去日本,有的去美国,有的去南极。他们讲,过好年,正月十五再碰头。

一年总要碰一次嘛,总归还是亲戚。

三言两语的题外话

Sshan 珊:作为知青的孩子,心疼父母那一代因为上山下乡、支内、支边,回沪后的期盼变失望,人情冷暖自知。

Robinson:好真实的口吻,像极了普普通通的上海小市民。

聚丰园路是一条快乐的街道

三言两语的题外话

殷勤谢红叶 写得真好,有血有肉,每次读文章都像看了一部纪录片。

晓洪 喜欢这种真实的文章,朴实无华,但又很动人。

08 这个90后女生的2016，比好多人的一生都精彩！

> 大部分人在二三十岁上就死去了，因为过了这个年龄，他们只是自己的影子，此后的余生则是在模仿自己中度过，日复一日，更机械，更装腔作势地重复他们在有生之年的所作所为，所思所想，所爱所恨。
>
> ——罗曼·罗兰 《约翰·克利斯朵夫》

赛尔的本科毕业照

聚丰园路是一条快乐的街道

赛尔，1992年出生，上海大学管理学院二年级研究生，四川绵阳人。

2011年，赛尔从四川考进上海大学。

2015年，保送上海大学研究生，并荣获校长奖学金。

100个人中，只有1个人有腹肌 我要做那1%

本科期间，赛尔是校园里的红人，成绩好，拿过各种奖，同时也是校园社团的活跃分子。

2015年9月，开始研究生阶段的学习后，赛尔感觉明显不适："我没办法一整天都泡在图书馆里，和那些整天泡在图书馆的同学们拼学术，我就是豁出命去，也拼不过他们。"

为了排解苦闷，赛尔一头扎进健身房，希望通过高强度的体育锻炼来舒缓精神压力。一条关于如何在21天内建立一个新习惯的微信，让赛尔眼前一亮。于是，赛尔给自己设定了健身目标：21天内练出腹肌。之所以选择练习腹肌，是因为"如果能在夏天，秀秀腹肌，那简直太酷了！"

把知乎上健身大神们的帖子都看过一遍后，赛尔设计了一套精确到每个动作的详细训练计划。在21天的时间里，按照自己制定的课程计划，赛尔一丝不苟、有条不紊地练习着每个动作，体会着肌肉的每次收缩和身体的细微变化。

21天的训练，成效惊人，赛尔的腹肌目标初步达成——线条清晰，肌肉明显。据说，这世界上，100个人中，只有1个人有腹肌，赛尔说："我就要做那1%有腹肌的人。"赛尔的训练成绩，连健身房的专业教练都感到难以置信。

"腹肌形成后，我在想，是不是可以练练背部？两个星期下来，背部就开始有三角肌的雏形。在装修西餐厅那段时间，一天夜里，我很晚回宿舍，不小心摔了一跤，把手摔折了，这才停止了训练。"赛尔说，"哈哈，可能老天通过这种方法告诉我,不要太作,别练那么猛,停下来休息休息。"

"健身是件很有意思的事情,它让我更了解自己的身体。很多事情,是被我们想得太难了。如果我们大胆尝试,很可能会发现,我们可能比别人上手更快。只有不断尝试,你才能知道自己到底有多强。"

健身不会欺骗你!努力不会辜负你!

开了一家西餐厅

健身讲究三分练七分吃。在健身房训练期间,赛尔发现,整个上海大学周边,没有一家适合健身、减脂人群以及健康饮食人群的西式简餐厅。健康正在被越来越多的年轻人视为流行时尚,既然没人做又有现实需求,那何不自己来试试?

"很多人都有过创业冲动,可在经过idea阶段的兴奋期后,大多数人都不了了之。很多事情,想一万遍未必能想明白,但只要做一遍,就什么都弄清楚了。我的专业是企业管理,我也很想亲身体验一下创业到底是怎么回事。我现在在念研究生,试错成本低,大不了就是浪费一点时间,损失一点钱。"

说干就干,赛尔创业的第一步,从找合伙人开始。

2015年11月,赛尔找到第一位合伙人——被赛尔称为"大叔"的31岁外企销售。大叔是赛尔大三那年在沃尔沃实习期间的老板的朋友,大叔的沉稳、成熟以及外企销售经验对赛尔很有吸引力。

第二个合伙人是毕业于上海财经大学、就职于普华永道的年轻审计师。审计师是赛尔在新东方上英语课时英语对练的伙伴,赛尔请他来负责公司的财务。

第三个合伙人是上海大学经济学院本科一年级的小学弟。最初,这个小学弟受辅导员的委派,来采访赛尔。赛尔发现这个小学弟聪明能干,热

情洋溢，善于沟通，同时还是健身达人，就主动邀请小学弟加入创业团队。小学弟主要负责餐厅的宣传和公共关系，例如微博、微信公众号以及与大学社团的合作。

对这个小学弟，赛尔赞不绝口："我们的餐厅开在上海大学附近，需要一个执行力非常强的人，和学校的各种社团保持沟通。小学弟是一张白纸，可塑性很强，他的工作做得特别好，我们几个合伙人都非常喜欢他。"

通过小学弟介绍，赛尔找到了第四位，也是最后一位合伙人——大厨马昊。马昊，上海人，毕业于上海大学管理学院。大学毕业，在建设银行工作一年后，马昊辞职，去澳大利亚学习餐饮，以专业第一的优异成绩毕业于澳大利亚顶级的西餐学校——澳大利亚蓝带国际学院。西餐学校毕业后，马昊先在澳大利亚的一家西餐厅工作一年，之后回到上海，在外滩老码头的一家西餐厅任店长。

第一次见到马昊，赛尔就决心动员马昊入伙，"开餐厅，没有好的厨师怎么能行？马昊是现成的好厨师，他就在我面前，我怎么能不心动？"赛尔毫不掩饰对马昊的一见倾心。

赛尔开始频繁地和马昊见面，几个合伙人轮番上阵，动员马昊辞职。架不住所有人的热情，马昊表示，愿意跟着赛尔试一试。

赛尔说："昊哥能够加入，有多方面的原因。一是昊哥本身就有创业的想法，无非是早一点或者晚一点。虽然我们的创业比他预想的时间早了那么一点点，但我们人靠谱呀，找到一群靠谱的合作伙伴，是多大的福分呀。二是我们几个合伙人都愿意给昊哥充分的授权。在外滩老码头的店里，昊哥虽然是店长，但上面还有总店，还有大老板，昊哥也就是个执行者，没有太大的施展空间。在自己的店里，他可以充分发挥想象，想干什么就干什么。这可能是吸引昊哥的一个非常重要的原因。第三，在利益上，我们给昊哥的工资虽然比不上他之前的店长工资，但我们店里有带薪寒暑假，能够部分弥补工资差距。第四，在股份比例上，我们共同决定，给予昊哥最高的股份比例。"

虽然每个合伙人出资额度一样，但股份比例却不相同。赛尔和大厨的股份对等，两人股份占比最高，排名第二的是大一的小学弟，大叔第三，普华永道的审计师第四。

赛尔和她的合伙人们

"我是有男孩子性格的人，对付不了长着一颗玻璃心的女孩子，所以，我的合伙人都是男生。事实证明，我选合伙人的眼光相当不错。"谈到合伙人，赛尔不免有些得意。

2016年2月，餐厅地点确定在聚丰园路的上坤广场。

3月，装修。

4月，开业，餐厅命名Every Shalala，取自美国早年著名乡村音乐歌手卡本特的歌曲 *Yesterday Once More*。

从4月到12月，西餐厅不仅收回成本，还略有盈利。五个合伙人共同

聚丰园路是一条快乐的街道

赛尔的西餐厅

决定,不分红,所有盈利全部投入店里。"开这么一个小西餐厅所遇到的困难,远远超过我的想象。"赛尔说。"2016年3月,开始装修。这个要埋线,那个要砸墙,我就跟听天书一样,完全不懂装修师傅在说什么,一下子就蒙在那儿了。"

"办理餐饮许可和营业执照,我没有请人代办,就想看看这个办证流程到底是怎么回事,没想到那么折磨人。"

从2016年3月开始,用了整整四个月时间,工商、质监,来来回回跑了二十多趟,赛尔总算把所有证件办理齐全。按照规定,只有证照齐全后,餐饮店才能正式运营。赛尔的西餐厅和大多数餐饮店一样,打了个擦边球,边营业边办证。

回顾开店一年来走过的日子,赛尔觉得,有三条经验最为宝贵:

第一,万事开头难,和气能生财。

一次一次地跑工商、质监,各种各样的问题层出不穷。比如,赛尔按照上一次工作人员的要求,准备好材料,结果去的时候,换了一位工作人员,说材料不对,又得重新来过。

又比如,在上一个月,按照某项要求提交办理某件事情还是合理的,过了一个月,就不行了,说是政策变了。在赛尔办证过程中,恰逢工商局搬家,从上大门口搬到很远的地方。每跑一次工商局,赛尔得花很长的时间在路上。

"2016年的夏天,特别热。有一天下午,我拿着材料跑到工商局,办证的阿姨扫了一遍，就说缺一份材料的复印件。当时是下午2点，户外温度超过40度，阿姨身边就有台复印机。我很和气地问她，能帮我复印一下吗？结果，人家眼皮都不抬，冷冰冰地扔过一句话，自己出去找地方。我没争辩，拿着材料静静地出门找复印店。"赛尔一副很心疼自己的模样。

"大热的天，顶着日头，在那个鸟不拉屎的地方，不要说复印店，连个躲太阳的树荫都没有。我走了半个多小时，总算找着一家复印店。走在路上，感觉自己都要化了，那会儿，我边走边想，这个时候，别人都在空调房里吹冷气，我在这里找罪受，是不是有毛病呀？"说这话时，赛尔竟然没心没肺地乐呵起来，仿佛在说别人的事情。

"当我满身大汗地再次出现在工商局阿姨面前时，我能感觉到我被太阳射入的热量像密集的子弹一样，热烘烘地向她倾泻。我也明显感觉到阿姨的态度发生了变化，她突然和气起来。她拿过我的材料，很利索地就通过了。出来后，我暗自庆幸，幸亏我没有同她发生争吵，否则，还指不定会发生什么情况呢。忍耐，忍耐，忍耐，和气生财，以前只是口头上说说，直到那个时候，我才懂得，和气是需要修炼的。"

第二，知之为知之，不知为不知，千万别不懂装懂。

"我是第一次办理证照，所以，真的什么都不懂，也真的什么都不明白，质监大叔被我折磨得快崩溃了。"赛尔乐不可支地说。

"质监大叔说，他一看到我，头就大了。我跟质监大叔讲，我是真的听不懂您在说什么，您就直接告诉我，下一步我该怎么做，我照着做就行了。就这样，质监大叔在彻底疯掉之前，终于放过了我。"赛尔那一脸的自豪，难以掩饰。

第三，合伙人之间既要开诚布公，更要互相妥协。

餐厅的日常打理，由大厨马昊带着两个员工，共同完成。"大厨常说我是万恶的资本家，"赛尔咯咯地笑，"店里上午10点半营业，11点左右开始接第一单生意，晚上七八点收工。我曾经向大厨建议，能不能考虑做早餐，然后提供下午茶，把餐厅的运能提升上去。大厨当场反驳我，别看我

们下午没做生意,可是我们一点没闲着。如果下午不准备好材料,晚上怎么做生意?另外,如果要做早餐,那早晨5点就得起床工作,这么早起来,根本没办法保证一天的高效工作。"

赛尔在餐厅

赛尔说:"我之前考虑的是如何提高运能,如何多赚钱。而大厨是每天实实在在管理这个店的人,他的考虑更仔细,更人性化。我接受了他的意见,合伙人之间必须有妥协。"

"一年的创业过程,我最大的收获就是这群志同道合的伙伴。跌跌撞撞一年走下来,我们都相信,我们可以在一起,从聚丰园路出发,走向更远的地方。"

两份实习
意大利奢侈品公司+网易新闻

奢侈品公司:一个人当两个人用

2016年6月,赛尔同时收到多家公司的实习offer,其中比较大牌的企业包括百事可乐、Burberry。最终，赛尔选择去了一家名为MARNI的意大利奢侈品公司。

MARNI是一家高端的小众奢侈品公司，全中国目前只有十几家店。"这和我的西餐厅未来三到五年希望达成的规模非常类似，我特别想看看十几家店究竟是怎么管理的。"赛尔说。

女上司的个人魅力也是赛尔选择MARNI的重要原因。"面试那天，我的女老板非常细致认真地告诉我，奢侈品行业是做什么的，奢侈品应该怎么做宣传，奢侈品的店面运营应该注意什么，以及我未来具体要做什么工作。这根本不像面试，反而更像大学的老师在给学生上课。老板的一句话挺吸引我，她说，你到我们这里做实习生，我们会把你当成正式员工安排工作，你可要有心理准备。"

本科时期，赛尔有过世界500强公司的实习经历。赛尔认为，在大公司严格规范的流程体系下，实习生在整个价值链条中，作用极其有限。对现阶段的赛尔来说，她更迫切需要了解的是，在比一家单店更高层面的多店管理体系中，优秀的国际化企业究竟是怎样运作的？

在MARNI，赛尔的主要工作职责是零售市场的数据处理。女上司真的把她当正式员工来用。女上司手把手地教赛尔，如何分析和理解公司每天实时产生的销售数据，以及如何从这些数据中挖掘并整理出最有价值的信息，向中国区的一把手汇报。

MARNI的文化强调员工的精英化，从大老板到各个业务层面的员工，均来自著名的大牌奢侈品公司。赛尔所在的品牌部门总共就六七个人，"每天中午，只要她们在上海，总带上我和她们一块吃午饭。吃饭的时间，就是她们给我上课的时候。我所知道的关于奢侈品的知识，大多来自这样的午餐会。"

在负责了一段时间的数据处理后，赛尔开始接触公司的CRM（客户关系管理系统）和零售管理系统。"这段工作经历，对我来说，太重要了。我开始懂得，如果运营系统足够强大，管理十几家店，中央总控只需要很

聚丰园路是一条快乐的街道

少的几个人,就能完全搞定。另外,我也学会了如何通过数据去发现问题、寻找机会。在MARNI的工作,让我更真切地理解,奢侈品为什么那么重视客户关系管理。虽然有持续不断的新增客户,但奢侈品,尤其是小众奢侈品的主力军永远是对品牌忠实的VIP客户们。如何有效地和VIP客户保持沟通,并推动他们更多的购买,始终是小众奢侈品牌市场的核心。这其中的逻辑,和我的西餐厅,本质上是一样的。通过以MARNI为参照,我开始反思并检讨我们餐厅的客户关系管理。我们做得太粗糙,还有太多可以进步的空间。在没来MARNI实习之前,我还沾沾自喜,以为自己做得很棒呢!"

赛尔的勤奋和聪颖赢得了上司的信任,她得以接触更多的工作。发给各大商场的微博、微信稿,也开始交到赛尔手上。"各大奢侈品公司都有专门的PR团队或PR合作公司,负责给各个商场或时尚新媒体账号提供有关自己品牌的宣传稿或软文。我的老板放手给我,让我自己去折腾。我就到处去找其他品牌的PR稿,然后自己倒腾,自己模仿。很快,我开始跟着老板一起做公司的微信公众号,做户外广告投放,参与机场广告项目。在MARNI实习的那段时间,老板把我当成两个人在用。不仅仅是我,包括我的老板以及所有的其他同事,都是一个人当两个人在用。"

当然,并非所有的事情都一帆风顺,赛尔也出过不少错,但老板总是非常耐心、细致地给予她指导,这让她对管理有了更多的感觉。"我以前认为,一个管理者就应该是一个严格的上级,通过KPI将员工的贡献和利益捆绑在一起。在MARNI,我的老板教会我更多的东西,管理者首先应该是教练,应该是老师,应该是员工职业生涯的引路人。管理者不是生硬冰冷的KPI机器,更应该是活生生的、充满魅力、让员工愿意跟随的领袖。"

在MARNI工作三个月后,老板主动提出毕业留用,希望赛尔能在公司长期干下去。"MARNI的薪水高、福利好,工作环境也很棒!"说到MARNI时,赛尔的眼中闪闪发光:"而且,对女生,尤其是对于我这样喜欢奢侈品的女生来说,在MARNI最大的福利,就是有机会以员工内部价买到MARNI的奢侈品，以及其他著名品牌的奢侈品。那个价格，简直太划算了！"

虽然MARNI的留用邀请让赛尔很动心，但在赛尔心里，还有更大的愿望。"奢侈品行业是非常保守和严谨的行业，而我恰恰是一个脑洞很大的人。在负责MARNI的微博和微信公众号时，有很多我想表达的东西，都不能写进去。我感觉想象力受到遏制，天性也无法释放。我对互联网公司一直很感兴趣，在MARNI实习一段时间后，我越发觉得互联网和奢侈品之间会有更好的结合方式，而这种结合在MARNI，显然是看不到的。所以，尽管老板对我特别好，也给了我留用的机会，但我还年轻，我真的还想去看看更多的东西，想去看看互联网公司。"

网易新闻：一个人当N个人用

2016年6月，除了MARNI，赛尔还同时参加了网易的面试，共有三名候选人竞争同一个实习岗位。网易的面试官，也是后来赛尔在网易实习时期的老板，对赛尔的面试表现非常满意，当场就问赛尔是否可以考虑在网易实习一年？

赛尔说："因为我确实不敢保证能实习那么长时间，所以，我就跟老板实话实说了。"后来，网易录用了三名候选人中的武汉大学新闻系应届毕业研究生。

没想到，到了9月，在赛尔准备离开MARNI时，网易的面试官打来电话，问赛尔对网易是否还有兴趣？"这简直就是老天特意留给我的机会。我刚准备离开MARNI，找一家互联网公司实习，网易的机会就自动上门了。"

进入网易，赛尔的具体职责是参与网易新闻的传媒市场工作。赛尔所在的网易新闻传媒市场部门，其主要工作内容有两项：

第一，与综艺娱乐节目进行权益互换，以确保网易新闻客户端的信息

以主持人口播(例如"下载有态度的网易新闻")、压屏显示、内容植入等方式,出现在综艺节目的观众面前。网易新闻则向综艺节目提供娱乐频道宣传、焦点图、首页宣传等内容服务,帮助综艺节目不断扩大影响力。

在赛尔实习期间,网易新闻传媒市场合作的综艺娱乐项目多达四十多档,既有电视综艺节目,也有网络视频节目,例如《真正男子汉》《蒙面歌王》,几乎囊括了当今中国娱乐圈所有的主流娱乐节目。

第二,网易新闻的大型户外推广。例如迷笛音乐节、简单生活节,各种年轻人聚集的大规模线下活动都是网易新闻客户端的受众人群高度聚集的地方,网易新闻需要在这些节日上进行各种推广,简单理解,就是投放广告。

"我们的工作就是对接各个综艺节目,和他们的制作人去聊,看看我们怎样以最好的形式彼此支持。除了主持人口播、压屏之外,我们还会和节目组共同策划选题,把网易新闻的相关信息植入到综艺节目的剧本或节目内容中。"

赛尔说:"刚去网易的时候,我以为工作很简单,就是随便看看,跟着老板,老板叫干什么就干什么。没想到,第一天,我的总监,也就是我的老板的老板,直接在华东市场部的群里@我,说,'赛尔,你半小时内,给我提十个想法出来'。当时感觉,自己的头发都要掉了。"

接受采访时,每说到高兴处,赛尔就乐不可支:"我当时着急呀,真想不出来,脑洞再大,半小时内想出十个创意,我也做不到,好崩溃呀!大老板

赛尔在上海"简单生活节"采访

是不是不喜欢我，故意折磨我呀？"

待的时间长了，赛尔开始慢慢理解，为什么上班第一天，凳子还没坐热，大老板就直接跳过经理给她下指令，实在是因为人太少了！是的，人实在太少了！

"网易新闻的传媒市场部门是一个高效得不能再高效的团队，这不仅是网易内部的评价，也是和这个部门合作的外部公司对它的评价。部门的人员很少，但承接的工作却超级多。之前，在MARNI，我一个人做两个正式员工的工作，我已经觉得自己很厉害了。但到了网易新闻，才发现，那根本不算什么。在网易这边，每个人都干着不知道多少个人的工作。外界对我们的评价就是，我们这里的一个人可以当N个人用。"说到这儿，赛尔特别骄傲。

尽管团队的工作强度已经非常高，但老板每天还在给团队不停地打鸡血，喊的口号永远是"高效！再高效！"

赛尔说："工作堆积如山，任务接踵而至，不迅速处理掉，后面的事情就跟不上。所以，我上班第一天，老板直接扔给我十个创意选题的任务，那真不是刁难人。"

在赛尔眼中，网易新闻的传媒市场团队，哪里都好，但就有一条，她特别不喜欢，那就是加班。

"这个团队中，从总监到我的经理，大家都特别喜欢加班。因为老板爱加班，所以听说之前的实习生，都会乖乖地留下来，和老板一起加班。但我是个特别不喜欢加班的人，我不会为了讨老板欢心，硬逼着自己下班后留下来。"赛尔一字一顿地说："一到点，我就走的。"说这话时，赛尔的语气调皮而生动。

"事情没做完，没关系，只要不是今天必须要提交的，我可以留着明天继续做。明天来，我的精力更旺盛，效率更高，工作效果也会更好。"时间长了，连赛尔的老板也很认同她的观点。

在网易新闻，赛尔不仅得以充分释放天性，而且随着不断接触新

项目,视野越来越宽,脑洞越烧越大,她的工作成效也得到团队的普遍认可。

实习期满一个月后,赛尔的经理开始关心起她的毕业问题,"我的老板问我,什么时候可以毕业?什么时候可以签三方协议?哈哈,不是暗示,而是直接明示,我可以留下来了"。

赛尔在网易的实习持续了三个月。"三个月下来,我得到很大的锻炼,已经能够熟练地驾驭领导交给我的工作。但讲真,当网易的工作开始变得容易驾驭时,它对我的吸引力也就没那么大了。我还想试试看,我的边界到底在哪里?还有没有更加有挑战性的工作?我还想去中国第一线的互联网公司,去他们第一线的部门,看看最顶尖的互联网公司,全世界最聪明的一些人,都在想些什么?做些什么?"

在赛尔看来,对于中国一线互联网公司而言,她的履历表和实习经历还不足以绝对胜出。她需要一个海外学习的经历,需要一次快速提升英文能力,尤其是英文公开演讲能力的机会,而距离2017年的秋季校招,留给她的时间已经非常有限。

创业大赛一等奖

大三那年,赛尔曾和一群伙伴们报名参加全国大学生电子商务"创新、创意及创业"挑战赛,决赛阶段不愉快的面试遭遇,让赛尔一直耿耿于怀。

"决赛时,我们一上场,评委老师就说我们的题目不合规范,根本不在三创赛的比赛范畴内。评委老师甚至连我们的报告都没打开,只看了题目,就直接建议我们明年再来参赛。然后,就有评委老师拉出行李箱,开始收拾东西。我们感觉没有受到最基本的尊重。当时非常失落,心情也很糟糕。最后,我们只得到一个安慰奖——三等奖。"

回想起当初的参赛项目"12306,如何让生活更便捷",赛尔说:"今天回头看，我们当时的一些设想，并非一无是处。有些想法，还蛮超前的，在阿里的飞猪旅行中，就能看到我们当初设想的一些影子。"

赛后，一位企业家评委给赛尔发来短信，他很喜欢赛尔团队的想法，特意向组委会要走了团队的报告。在短信中，企业家评委安慰赛尔，教授评委对作品名称的严格要求，虽然略显苛刻，但也反映了团队的准备不充分。企业家评委告诉赛尔，未来如果要找工作或实习，可以直接联系他。

赛尔说："在我们心情最低落的时候，企业家评委的短信给了我们莫大的鼓励和安慰。他委婉地让我认识到团队的不足，也善良地保护了我们的自尊。"企业家评委教会赛尔一生受用的品质——充满善意地对待世界，满怀真诚地欣赏他人。

第二年，团队成员们有的出国，有的考研，有的参加工作，大家各奔前程。等到赛尔开始读研究生后，在朋友圈偶然看到新一轮三创赛的开赛启事。赛尔说："虽然我大三比赛时的小伙伴都走了，但我还在呀。看到比赛通知，我就在想，要不要我去帮他们一雪前耻呀？"

很快，赛尔组织起一支全新的参赛队伍。从项目策划到临场答辩，从调研到方案准备，从文案到题目的选择，从字体到装帧的格式，团队死抠每个细节，力求尽善尽美。

最终，赛尔的新团队毫无悬念地获得了上海赛区的一等奖。"获奖的时候，我特别开心，不仅仅是因为我们的名次，更重要的是，当我站在领奖台上时，我终于可以平静地回顾上一次比赛的失败。第一次参赛，我们的想法确实不够成熟，而且项目也有不完美的地方。虽然评委老师们纠结的地方，让我们很难接受，但这也没办法。人生总是充满意外，名字没取好，或者名字取错了，那只能怪我们自己准备不充分，考虑不完善。有了上次失败的经验，我们这次的准备工作，才能做得那么细致，那么充分，我们才有可能获得一等奖。我要谢谢那次的失败经历，它让我知道应该以什么样的态度对待失败，它让我知道怎样才算更投入，以及怎样才算做得更好。"

聚丰园路是一条快乐的街道

参拍两部广告
阿里巴巴+New Balance

和所有年轻的女孩子一样,赛尔喜欢拍照。和大多数的女孩不一样的是,她拍过多个广告片,有平面,也有视频。

她参加过阿里巴巴2016年实习生招聘的视频广告拍摄(优酷搜索:"阿里巴巴2016年实习生招聘"),在广告片中,赛尔扮演男主角高中时代的初恋女友。

如果说阿里巴巴的广告更多的是表演,New Balance的KOL达人宣传广告中,赛尔几乎是本色出演。

"大四的时候,我拍过上大影视学院一个学弟的作品。大多数人一辈子都没有拍电影的机会,所以,当我看到有人愿意请我去拍视频或平面,哪怕

阿里巴巴2016年实习生招聘广告剧照

New Balance 平面广告

是非常幼稚的学生作品,我也会很认真、很努力地去配合。即使是打酱油的角色,我也会认真琢磨剧本,研究剧情,思考角色。就算是玩票,也要认真玩。没想到,还真能打到酱油。有好几个导演夸我有表演天赋,问我以后如果要拍广告,可不可以请我。我当然同意了,为什么不可以呀?"

2016年的旅行
壶口瀑布—吴哥窟—洱海

赛尔喜欢旅行,每年会去很多地方。2015年年底,她把当年旅行的照片做成明信片,送给好朋友们,并发了一条微信,作为纪念。

2016年,因为太忙,赛尔的旅行大为减少。

1月,山西,壶口瀑布。

5月,柬埔寨,吴哥窟。"2011年,泰国和柬埔寨曾经爆发过很大的冲

聚丰园路是一条快乐的街道

赛尔在旅途

突。到今天，它们之间的边界问题似乎都没完全解决。我担心，如果两国打起来，会不会有一天，吴哥窟就没了。我怕我会看不见它。所以，时间再紧张，我也要去。"

9月，云南，洱海。"这是我第四次去洱海，我非常喜欢那个地方，也一直想在那边开客栈，这是我未来三到五年特别想做而且一定会做的一件事。我想在洱海边找个地方，建一个自己的客栈，把所有我喜欢的元素都放进去。我的很多小伙伴说，你不要想一出是一出呀。我笑话他们，你们当初不是说好了要和我一起开餐厅吗？结果到最后，不也就剩下我一个人了吗？几年后，如果大家听说我在洱海边开了个客栈，千万别吃惊，因为我今天就已经考虑清楚了。"

2017年：思考和起飞，美国

"2016年，实在太忙，连轴转了一年，明显感觉才思枯竭。"赛尔说这话时，表情相当严肃。"我极度渴望去一个完全陌生的地方。在那个谁都不认识我的陌生环境中，我希望重新释放我的天性，把脑洞开得更大，进一步提升自己的想象力和创造力。同时，我也非常渴望有那么一段时间，有一个地方，静下心来，不受外界干扰，认真地去思考我自己的一些东西。"

赛尔选择了上海大学和美国一所大学的交换项目，2017年1月成行，持续时间5个月。"毋庸置疑，美国是世界上最强大的国家，全世界的顶级聪明人都在美国，这是我选择去美国的意义所在。"

赛尔说："如果让我再去美国读个研究生，我已经耗不起这个时间了。

我非常需要一段在美国学习的经历,在感受美国文化的同时,大幅度地提升自己的英语水平。"

"在网易新闻做传媒市场的实习生时,英语是我们的工作工具。它不是什么竞争优势,只是你工作的一个最基本的必要条件,如果连这个必要条件都不具备的话,那还有什么好做的呀?"

赛尔很认真地说:"2016年,我还碰到过很多其他的机会,有些机会可能是比MARNI和网易实习还要大得多的机会。我一直很担心,当一个非常好的机会抛给我时,我可能真的接不住。我迫切需要一个快速成长的契机,去美国交流、心无旁骛地学习半年,绝对是最高效的方法。"

赛尔算了一笔时间账。如果2017年不去美国,时间安排大致是这样的:

1月中旬,实习结束,收拾行李,回家过年。

2月下旬,寒假结束,回学校,开始找新的实习。

4月,开始新实习。

赛尔说:"按照这个时间节奏,我不可能在这四五个月的时间里,把英语提高到一个特别高的水平,时间其实都被浪费掉了。"

在美国的大学,赛尔特意选择了一个没有中国人的宿舍楼,希望能够在一个纯粹的英文环境中生活。

"我交换的那所大学,就是一个大农村,那是一个纯粹学习的地方。我选了五门课,从周一到周五,每天都有课。五门课里,两门课跟市场有关,一门市场营销,一门消费者研究。因为我对国际政治非常感兴趣,所以还选了两门跟国际政治有关的政治学课程。最后一门课是英语演讲基础,这是我迫切需要提升的地方,我希望不仅要把英语用好,还希望能够更有感染力地用英文去做一些事情。"

在采访的结尾,赛尔说:"2017年,我的很多计划,都会在这五个月完成,我想卖个关子,等完成之后再向老师做汇报。"

2017年1月3日,赛尔登上赴美的飞机,开始在美国为期五个月的学习。在美国,赛尔一定会过得更加精彩,祝福她!

聚丰园路是一条快乐的街道

三言两语的题外话

Mask：向小学妹学习，现在边工作边创业很累，但天性喜欢折腾没办法，自己选择的路跪着也要走完。

作者回复：奋力向前，无中生有。

麦伦小姐Jo：去看校奖颁奖的时候，赛尔学姐成了我这个小学妹的女神，还把她获奖的照片存在手机里很久，喜欢她努力活得精彩的样子，也喜欢如她一样拼搏的我。

徐嘉晨：人总是需要不断地探索自己的边界，这是一个不断成长、令人兴奋的过程。越往上越不安，越不安越努力，越努力越成长，越成长越需要静下来重新思考自我。

邓斐今：今天我的小伙伴分享了这篇文章，说这才是真女神，她的目标。仔细看了一遍，有感而发！赛尔的成长过程很艰辛，但很精彩！光鲜的背后不知要付出多少汗水，心里估计也流过泪水，最终留给我们的是坚强和乐观向上的一面。我的小伙伴，你们的年轻就是资本。所以，跟随自己的内心去努力哦！一定要加油，不要怕吃苦，特别是萱萱跑神，不要担心自己的某一弱项，比如英语学习方面，只要你能付出当初田径场上的毅力和坚持，你也可以的。就是要舍弃一些繁华，静得下心。你要想，年轻的日子很有限，奢华在后面，那就有动力了。还有我们的小太阳，你们要fighting！我是年事已高了，但精神上支持你们，我的目标是把你们能培养成这样的你们！感谢刘老师公众号的正能量分享。

三言两语的题外话

作者回复：您若年事已高，我等如何艰难度日？年轻人可以释放天性，我们亦可自由奔跑。

谱尔 禾禾：我在阿里巴巴工作，当看到集团的校招宣传视频背景在上大的时候，激动的差点儿哭出来。后来又知道女主是刘老师的学生，不由得感到刘老师的草堂是一个神奇的地方，感谢认识这么多有趣的草堂ers。

仲：哇！这篇报道看到小店背后的好多故事呀。这家沙拉店，我们已经是老顾客了，好像没见过小姑娘，都是那个男生在经营。一直觉得学校附近没有健康的饮食，所以发现这家店的时候，很惊喜。希望可以保持下去，喜欢这种清淡的健康风格。

Christina：赛尔姐姐的笑容很有感染力！学习、生活、运动、旅游、高强度的工作……每一张照片，她都是那个阳光自信的女孩儿，美得自然亲切，暖得率性动人。这样的女孩儿，心里住了一片草原吧？任她驰骋，任她翱翔。90后，经历已经比大多数人都丰富太多。令我最惊讶的是，她做的每一件事都不是浅尝辄止，最终都开了花结了果。她就像是一株长在顶峰的奇花，贪婪地呼吸着，好奇地找寻着，一旦发现心仪之地，就托风带去自己的种子，在那里野蛮生长。她只遵循本应遵循的，她乐于无中生有，她只有"我想"没有"听说"，她仿佛有一套自己的文化，她在她的国里，生如夏花！

后续：2017年赛尔去美国学习，并通过美国驾照考试，回国后，赛尔如愿以偿地进入特斯拉。"能够和优秀的同事们一起燃烧生命，改变世界，特别有意义。"赛尔说。

09 | 一个上海小家庭的幸福、焦虑和渴望

小鸟在天空消失的日子
[日本] 谷川俊太郎

野兽在森林消失的日子
森林寂静无语,屏住呼吸
野兽在森林消失的日子
人还在继续铺路

鱼在大海消失的日子
大海汹涌的波涛是枉然的呻吟
鱼在大海消失的日子
人还在继续修建港口

孩子在大街上消失的日子
大街变得更加热闹
孩子在大街上消失的日子

聚丰园路是一条快乐的街道

人还在建造公园

自己在人群中消失的日子
人彼此变得十分相似
自己在人群中消失的日子
人还在继续相信未来

小鸟在天空消失的日子
天空在静静地涌淌泪水
小鸟在天空消失的日子
人还在无知地继续歌唱

伟忠和俨如来自东北的一座小城。从小学到高中，两人一直是同班同学。中学毕业，俨如考入复旦大学，伟忠则进了东北一所985高校。本科毕业后，俨如保送复旦大学研究生，伟忠考进上海交通大学，念研究生。

2005年，伟忠和俨如研究生毕业。同年，两人结婚。伟忠进入一家世界500强的通信公司，从事无线通信产品研发；俨如则在一家世界500强的快消品公司，从事市场和渠道管理工作。

同龄人中，我们的收入不算高

"在同龄人里面，我们的收入不算高。"俨如说。过去几年，她拒绝了好几次升职或待遇更好的跳槽机会。

"升职加薪当然是好事，但是升职之后，管的人更多，管的事更多，责任更重，投入工作的时间和精力肯定得更多。在我们夫妻俩都得工作，而且自己带孩子的情况下，如果要把更多的时间放到工作上，恐怕很难做到家庭和事业的平衡。在公司，我主要负责渠道的数据管理，这份工作的好处在于既不需要出差，也不需要加班。如果升职意味着必须要牺牲家庭生活，我宁愿放弃。"

伟忠补充说："俨如就是这样一个人，她常说，钱够用就行了。"

伟忠曾半开玩笑地问过俨如，如果他一年能多挣10万元，代价是每天在工作上多花两个小时，俨如能接受吗？俨如的回答非常干脆："我情愿你把这两小时花在家里。"

前些年，伟忠的上司给他争取到一个外派美国工作的机会。在和俨如认真商量后，伟忠婉拒了领导的好意："如果还是单身汉，我肯定就去了。但一想到我要一个人在美国待两年，没办法陪在老婆和女儿身边，我就下不了决心。女儿到了最需要父母陪伴的年龄，我不想错过陪伴女儿长大的每一个时刻。"说这话时，伟忠的脸上荡漾着作为父亲特有的慈爱和幸福。

俨如补充说："我们努力工作，不就是为了家庭幸福吗？我现在有老公、有女儿，我们三个人在一起，就很幸福。"

伟忠说："在各自的公司，我和俨如都是业务骨干，也很受器重。我们工作认真，同样求上进。只是有了孩子后，我们确实没有年轻时那么拼了。"

家里的老人来了，矛盾也跟着来了

结婚那年，在双方父母的支持下，俨如、伟忠在浦东买了套两室一厅的房子。婚后第三年，女儿安安出生。伟忠的父母兴冲冲地从东北赶来上海，帮着照顾孙女。不大的房子里，一下子热闹而拥挤起来。

退休后，伟忠的父亲百无聊赖，喜欢一宿一宿地在电脑上"斗地主"。伟忠的妈妈身体不好，喜欢安静，怕人打扰。在老家县城，因为房子足够宽敞，老两口各住一间屋，互不干扰。

来上海后，条件受限，老两口只能同住一个房间。夜里，伟忠的爸爸

聚丰园路是一条快乐的街道

睡不着,忍不住就会爬起来"斗地主"。结果,伟忠的妈妈整晚整晚地睡不好。伟忠的妈妈本来就心脏不好,加上晚上睡不踏实,整个人的精神状态非常糟糕。

"我爸好抽个烟,爱喝个酒,典型的东北大老爷们。在我们东北老家,爷爷左手抱着孙子,右手抽着烟,和几个老哥们一块儿,玩个牌,吹个牛,喝个酒,再正常不过了。在老家县城,我家老爷子是个能人,很吃得开。家里要办个事,或者别人求他办个事,老爷子总能找到熟人给办了。来到上海,老哥们圈子没有了,也没人求他办事了,曾经的能人,只能困在家里带小孩,可把老爷子憋屈坏了。为了打发时间,老爷子只能上网玩玩游戏。玩游戏的时候,顺带叼根烟,在老爷子看来,这再正常不过了。"

但是,俨如受不了。即使是伟忠,也受不了自己亲爹在家里抽烟:"我平时不抽烟,也特别反感烟味。我家老爷子意识到不能在家里抽烟后,他就自个儿跑到阳台上去抽。老爷子大老远地从东北到上海儿子家里,住么住不好,玩么玩不好,吃么也吃不惯,连抽个烟都不让,老爷子心里得多委屈?"

一边是刚出生的宝贝女儿,一边是老家来的公公。俨如不忍心让伟忠为难,更不能眼睁睁地看着宝贝女儿在烟雾缭绕中长大,和伟忠一商量,两人决定在同一个小区再租套房子。公公婆婆住家里,俨如夫妇俩搬出去住。俨如说:"我们搬出去以后,公公和婆婆一人住一间屋,睡得好,婆婆的身体和精神状态慢慢地好起来。每天早晨,我们把小孩送回家。白天,公公婆婆带小孩。晚上下班,我们回家,一起吃晚饭。吃完饭,我们带着孩子一起回出租屋。"

这种局面,勉强维持到安安2岁半,伟忠的父母已然心力交瘁。俨如、伟忠痛下决心,必须有所改变。再苦再难,也要自己带小孩。俨如开始四处打听,哪家幼儿园能接收2岁半的小朋友。

上海公立幼儿园的正常入园年龄为3岁,部分私立幼儿园为3岁前的儿童开设了托班。经过一番对比,俨如将安安送进离家地铁三站路的国际幼儿园。

安安进幼儿园后,伟忠的父母得到"解放",愉快地回了东北老家。"父母回到自己熟悉的生活圈子里,心情舒畅,房子宽敞,我妈的身体立马就好起来了。"伟忠说。

近两年,父母明显老得很快,养老问题已经提上日程。伟忠说:"我爸妈对上海完全不适应,无论气候、环境,还是饮食。只有在东北老家,他们才最舒坦。人都有老得走不动的时候,到那会儿,该怎么办呢?这是我最大的心病。"伟忠说。

"我们设想过,要不要在我们的小区租个小房子,或者买个小房子,把他父母接过来,和我们一起住。他们来了,就养老,啥也不用干,既不带小孩,也不用做饭。这些事,我们自己都能解决。但就算这样,看起来也不行。"俨如非常无奈,"婆婆习惯了县城的生活环境,接受新事物特别慢。举个例子,学会开关电梯,婆婆都用了很长时间,花了很多工夫。"

伟忠说:"小时候,爷爷奶奶和我爸妈住在一个大院里。爷爷奶奶的晚年,一直由我爸爸妈妈照顾。老一代的住家养老模式,在今天已经完全行不通。爸妈来上海,生活不习惯。如果坚持留在老家,以后就只能进养老院。这在老家人看来,就是儿子没尽孝道,真是愁死人了。"

安安在国际幼儿园:独立、自信、张扬

由于担心公立幼儿园的小朋友太多,老师照顾不过来,俨如、伟忠为安安选择了一所浦东地区比较有名的国际幼儿园。托班时没有外教,每月学费2 000元,从小班开始有外教资源,当时的学费是一个月5 000元。

"国际幼儿园的托班,规模较小,孩子没那么多,老师照顾起来,相对容易些。"俨如说。伟忠说:"进幼儿园后,安安被照顾得很好,体质也不错,很少生病,也几乎不去医院。现在,我们家安安都没去医院打过点滴。我常在朋友圈里,见到同事们带着小孩去儿童医院看病打针,太

聚丰园路是一条快乐的街道

遭罪了。"

俨如和伟忠住在浦东,公司都在浦西。每天早晨,如果等校车接走安安后,他俩再从浦东开车去浦西上班,肯定会迟到。

"这无非就是个空间和时间如何协调的问题。时间不够,那就用空间来换,我们在幼儿园所在的小区租了一套房子。这样,上班不迟到,幼儿园也近。"俨如说。

俨如请了一位钟点工阿姨帮忙接安安放学,并负责家里的晚饭。俨如、伟忠将自己家的房子租了出去,一个月房租3 000元钱,正好抵消钟点工阿姨的工资。

租房,每个月的租金是5 000元,安安幼儿园的学费5 000元,加在一起就是1万元。在那个阶段,俨如、伟忠的薪水,总共也才2万多元。俨如说:"很多朋友都问过我们,当时压力大不大?我们觉得还好,真没觉得有太大的压力。"

对国际幼儿园的教育理念和教学方法,时至今日,俨如依然推崇备至。

除了生活上的悉心照顾和外教资源,国际幼儿园注重培养学生的独立能力和自信心,提倡爱的教育,鼓励孩子多发言、多提问,尤其鼓励小朋友勇敢地表达自己的观点。国际幼儿园并不过分强调知识性的课程教学,更多地采用启发式教学方法,培养孩子的好奇心、上进心和学习能力。拓宽知识面、引导思考,在国际幼儿园的教学理念中,是比多认识几个字、多算几道题更重要的事情。

在幼儿园里,安安的表达能力得到很好的培养。她乐于与小朋友交流,并且乐于和成年人沟通。俨如举例说:"有一天晚上,我在家里和安安聊天,说'你的营养老师真好,你肠胃不舒服,营养老师还专门给你配特殊餐,找个时间,妈妈要去认识她一下'。"

没过几天,在幼儿园里,一位年轻老师主动询问俨如是不是安安的妈妈。年轻老师对安安夸赞有加:"这么个小不点,一点不怯生。她自己找到我的办公室，大大方方地跟我说，杨老师，我妈妈想认识您。"

在安安很小的时候，俨如就开始培养安安的阅读习惯。俨如每天会陪安安一起读各种绘本图书。今天，8岁大的安安对书本有着浓厚的兴趣，尤其喜欢植物、动物以及人体科学相关的书。

从国际幼儿园到公立小学：迷茫、焦虑、改变和适应

为什么选择公立小学？

安安在幼儿园读到大班的时候，俨如、伟忠开始计划把家从浦东搬到浦西。

俨如说："我们俩都在浦西上班，每天浦东浦西来回地跑，堵在路上的时间实在太长了。"伟忠说："我们租的房子，比原来的老房子好太多了。住过好房子，就不想再搬回老房子了。趁着安安念小学的契机，索性卖掉浦东的老房子，在浦西买了个新房。"

俨如、伟忠在浦西买的新房，面积约130平方米，2014年建成交付，地处上海中外环之间，当年的价格是320万元，2016年年底，市场价超过700万元。

俨如说："从一开始，我和伟忠就决定只看新房。这个房子的性价比特别高，靠近地铁站，距离公司也很近。"伟忠说："我们也考虑过要不要买个学区房，可是上海的学区房实在太贵，根本追不动。"

在反复对比公立小学和国际小学的优缺点后，安安在新家附近上了一所公立小学。俨如和伟忠主要有两个方面的考虑：

第一，不想过早地放弃高考这条路。

"上海的很多小朋友从小就进国际小学，中学毕业后，直接出国念书。我们还不想，也不敢那么早就放弃在国内参加高考这条路。毕竟上了公立小学，也可以出国留学。但是如果上了国际小学，想再回到公立教育这条路上来参加高考，那几乎是不可能的事情。"

聚丰园路是一条快乐的街道

第二个原因,俨如认为,在小朋友未来的竞争中,中文能力可能是比英文能力更重要且更难培养的一种能力。这不仅因为中国经济越来越强大,还在于中文学习本身的复杂性和困难性。

毫无疑问,国际小学的英文教育抓得很紧。在上海的众多国际学校里,英文几乎被当作母语来学习。俨如咨询过一些送小朋友念国际小学的同事,发现国际学校的孩子们,课程和作业同样不轻松。和公立学校的孩子们一样,国际学校的孩子们每天也要学习到很晚。读书,从来就不是轻松的事。

在俨如看来,既然每个孩子的时间都是有限的,当一个孩子把主要时间用在英文上,他的英文自然会更好些。与此相反,如果一个孩子把更多的时间用在唐诗宋词、用在中文作文上,他的中文自然会比英文好。

俨如说:"这就是个选择题。站在今天的立场看,英文似乎比中文更重要、更现实,但我不觉得未来一直会这样。我坚信,00后和10后的孩子长大后,英文已经成为每个孩子普遍掌握的技能,就像今天的计算机一样。而那个时候,能自如地驾驭中文,尤其是能写漂亮的中文文章,做很好的中文演讲,一定是一种更稀有、更重要的能力。再说,我们的孩子念公立学校,在英文上下的功夫一点也不少。"

俨如、伟忠曾经设想过,从国际幼儿园到公立小学,对安安而言,可能会是个很大的挑战。

开学典礼上,校长的一番慷慨陈词,让俨如、伟忠忐忑的心放松了很多。校长在讲话中说,学校主张快乐教育和素质教育,校方会根据每个学生的特点,因材施教,同时,根据教育部和上海市教委的要求,小学一、二年级,没有考试,学校的课程也会循序渐进地进行,确保基础不同的小朋友都能跟得上。

就在俨如和伟忠暗自庆幸选择了一所跟自己的教学理念完全一样的学校时,开学不到一周,安安哭着回家了。刚开始,俨如认为,安安刚到一个新环境,还不适应,等时间长了,慢慢会好起来。没想到接下来问题更多，而且越来越严重。

小学一年级的课程真不简单呀！英语第一课就是句子，根本不像以前那样，从字母开始教。语文课默认所有的小朋友都会拼音。数学课的第一节课，就是十以内加减法。很显然，幼儿园阶段没认真学过的小朋友，一开始会懵掉的。

在俨如和伟忠的教育理念中，过早地给小朋友灌输知识性的内容，不利于培养孩子的创造力。在安安念小学前，俨如带着安安一起读了很多书，安安能认识很多字，但在写字上却没下过功夫。

英文方面，安安从小班开始，就有外教上课，语感不错，听说能力很棒，但没有受过严格的读写训练。

至于数学，俨如更注意数学思维的训练，都是以小鸭子、小猫为数字单位。刚上小学时，安安甚至常会把数字写反。

更要命的是，安安把在国际幼儿园里养成的习惯带到了小学。国际幼儿园里长大的安安是个爱提问、有想法，并且有了想法会主动报告老师的孩子。

小学第一天上课，语文老师布置完作业后，安安就向老师提问：为什么字一定要写在格子里面，写在格子外面不行吗？为什么非要一行一行地横着写，竖着写不可以吗？为什么非要从第一页开始写，从最后一页向前写，不可以吗？

年轻的语文老师当场就火了，直接批评安安：你这个连字都写不好的小朋友，怎么会问这么多怪问题，是故意捣乱吗？在幼儿园，每次提问都受表扬的安安从来没见过这个阵仗，当场就吓哭了。

随后的数学课，安安又被数学老师"修理"了一把。在数学老师看来，似乎每个一年级的孩子天生就应该会写数字，怎么来了个这么笨的小孩，连数字都会写反呢？数学老师虽然没有批评安安，但她不理解且略带惊讶的表情，让安安这个在幼儿园里常被老师夸赞聪明的孩子，自尊心受到巨大打击。

聚丰园路是一条快乐的街道

作业从第一周就开始了。安安写字慢,常常做到很晚才能完成全部作业。上学没几天,安安在睡觉前,常常会突然惊恐地问俨如:"妈妈,我是不是还有作业没做完呀?"早晨起床,安安常莫名大哭,不吃早饭,更不愿意去上学。很明显,安安已经有轻度的焦虑。

在学校,失去自信的安安越来越敏感,甚至老师批评其他同学,也会让她心惊胆战。面对学校和老师,安安没有了幼儿园时的安全感,不理解自己为什么会受到批评,非常不适应。

"公立小学,老师们的要求是整齐划一、严格规范,这和校长说的快乐教育明显有冲突。这到底是怎么回事?在幼儿园,所有老师都喜欢安安。怎么到了小学,安安就成了问题儿童?"伟忠和俨如糊涂了。

相信校长?还是相信老师?

在上海这些年,每当遇到想不明白的事情时,俨如会努力地从朋友中找出一个她认为可能有答案的人,去认真地请教。"我特别不愿意在自己的世界里苦思冥想。想不明白,很大程度上就是因为自己的思路有问题。如果想不明白,还继续苦想,那不是折磨自己吗?"

这次,俨如选择向在大学工作的师兄讨教。师兄比俨如大十多岁,中年得子,爱护有加。师兄的小孩在公立小学念书,成绩优秀,表现突出。

俨如问师兄,为什么教育部、上海市教委、学校校长说的都是快乐教育,可是小朋友怎么一点都不快乐呢?不是说要给小学生减负,为什么会有那么多的家庭作业?不是说幼儿园不用学,上小学后可以慢慢学吗?为什么小学一年级的学习强度就这么大?老师们的要求很严格,作业很多,到底是听校长的,还是听老师的?

毕竟是过来人,师兄的思路清晰而明确——当然要听老师的。师兄告诉俨如,小学老师们的严格要求,是从上到下、从内到外的系统性压力共同作用的结果。

表面上看,高考似乎越来越容易了,尤其在上海,似乎每个考生都能上大学。既然如此,为什么竞争还那么激烈呢?

在上海，真正最难的考试不是高考，而是中考和小升初。根据上海市教育考试院的公开资料介绍，2015年，上海高中阶段录取率为98%左右，普职比（普通高中和中职校的录取比）大体相当。

这就是说，普通高中的升学率大约是49%，另外49%的孩子只能念职业高中。中考时，排名进入全上海前49%的小朋友，才有可能上高中；而只有进入前10%的，才能进入重点高中，并有机会进入名牌大学的竞争序列。中考要领先，首先就得选一个升学率高的初中学校。

师兄问俨如，家里对口的初中是名校吗？俨如摇头说不是。师兄告诉俨如，家门口没有好初中，那就意味着小朋友必须要考民办的名牌初中。而考民办初中，从小学三年级开始，小孩子就得去上奥数班。四年级暑假开始，还要去上"小五班"。

所谓"小五班"，通常是由名牌初中主办的，以应对该校选拔性入学考试为目的的补习班。通常在小学四年级暑假开始，持续到五年级下学期初中选拔考试（由笔试和面试组成）之前结束。

进入"小五班"学习的学生，通常是学习成绩较好且有意愿升入名牌初中的孩子。换句话说，如果小朋友在三四年级的成绩不够理想，连进"小五班"的资格都没有。而进不了"小五班"，基本上就丧失了名牌初中的入场券。

师兄用不容置疑的语气警告俨如，如果从一年级开始，不按照老师的严格规定，跟着老师的节奏走，自己搞什么快乐教育，到了三年级，小朋友就再也跟不上老师的进度了。三年级跟不上，后面的四五年级想追上去，门都没有。

在师兄看来，小学一、二年级的学习强度，只是小朋友高强度学习的一个预热过程，真正厉害的还在后面呢。

师兄的一番话，对俨如、伟忠而言，无疑是醍醐灌顶。俨如说："听完师兄的话，我恍然大悟。我自己的定位有问题，所以，小孩子会遇到那么大的困难。一切问题的根源，不在孩子，在我和伟忠身上。"伟忠说："我们自己的思想扭转过来后，才有可能帮助孩子解决她的问题。"

扭转困局：建立老师—家长—学生三者之间的沟通闭环

俨如开始迅速介入，和老师直接沟通。在伟忠看来，俨如和老师的有效沟通，是他们能够在两个多月的时间里扭转教育困局最关键的因素。

俨如说："和老师沟通，主要是为了了解真实情况。只有先了解真实情况，才能有的放矢。作为家长，我们必须得清楚，当时的情况是什么？老师的想法是什么？小朋友的想法是什么？问题到底出在哪里？"

研究生毕业后，在外企市场部门超过十年的工作经验，练就了俨如卓越的沟通能力。"在我看来，人和人之间，如果出现问题，很大一部分原因来自信息不对称。老师要面对那么多的孩子，精力和时间有限，不可能关注到每个孩子的感受。而安安一见到老师，心里就发毛，也没办法去理解老师的真实意图。老师和孩子之间的信息不对称，显然无法靠他们自己来解决。大多数的信息不对称，如果没有合理解决方案，其不对称程度，随着时间变化，会按指数关系递增。"

俨如和安安的老师逐一通了电话。"安安的语文老师非常惊讶，她完全没想到，一个很小的批评，会让小朋友产生如此大的精神压力。更让语文老师没想到的是，她批评其他孩子的话，也会对安安产生那么大的负面影响。"

伟忠补充说："当我们将孩子在家里的真实情况反馈给老师后，对老师也会产生影响。至少，从我们的观察来看，在我们和老师沟通之后，老师在批评孩子时，明显地开始注意方法。"

俨如说："安安的语文老师是位年轻的90后女生，性格相对急一些。作为家长，把孩子在家里的真实情况通报给老师，从实际效果来说，对老师也是一种施压。说得严重一点，作为老师，如果因为你的批评，给我们的孩子造成不可逆的心理创伤或其他伤害，我们绝不会袖手旁观。老师都是聪明人，晓得其中的利害关系。"

和数学老师、英语老师的通话，也都达到俨如预期的效果。搞清楚情况后，俨如、伟忠开始有针对性地按照老师的要求，辅导安安的功课。

俨如说："我和伟忠当年虽然算不上什么学霸，好歹一个复旦的硕士，一个交大的硕士，咱孩子读书的基因会差到哪儿去？只要思路对了，方法跟上，辅导小学课程，我们还是有自信的。我们平时的工作，也是和人打交道。跟老师交流的方式很多，微信、电话、QQ，或者在学校门口的简单寒暄。沟通多了，我们也能了解每个老师的性格和特点。做家长的，千万别和老师对着干。按照老师的要求去做，然后顺着老师的性格去沟通，多简单的事呀。"

伟忠说："在老师眼里，我们也是拎得清的家长。毕竟从目标来看，老师和家长是一致的，都是为了孩子好。"

安安写字慢，每天晚饭后，俨如就掐着秒表，督促安安一点一点地提高速度。为了增加娱乐性，伟忠常和安安一起比赛，看谁写得更快一些。英语老师要求小朋友写磅体字，那就按照磅体字的要求，伟忠和俨如自己先认认真真地学，然后再一笔一画地教。

伟忠说："我们认识的一些家长，连老师的要求都没搞清楚，就自顾自地教孩子。结果，孩子的作业送上去，被老师一阵批，不但孩子的自信心受打击，连着对爸爸妈妈也丧失了信心。信息不对称不但没有得到解决，还会造成更大的误解。"

俨如说："老师最怕不配合的家长，她说往东，你自己非要往西。我和师兄通过电话后，思路完全转过来了。在公立学校，家长和老师一定要合作配合，没什么好啰唆的。"

用了大约两个多月的时间，安安完全跟上了各门功课的教学要求。老师们开始注意到安安的进步，表扬慢慢多起来。

"老师的表扬，对安安重建自信心非常重要。"俨如说："安安的班主任老师告诉我，可以告诉安安，王老师当着妈妈的面，又表扬她了。好孩子都是夸出来的。我在表扬孩子后，也会及时地和老师通报，不能穿帮呀！"

每天都受到老师表扬的安安，重新找回在国际幼儿园时期的自信。安安开始喜欢表扬她的老师，开始喜欢上学，开始喜欢学校。

在学校，安安开始表现得游刃有余。跟上学校的进度后，各种测验和考试，安安很快就进入全班前五名。安安的作文开始经常被老师当作范文，念给全班同学听。安安有了一些进步后，老师们也开始注意到她的其他优点，比如知识面广、好奇心强、善于和同学们交朋友。

一年级下学期，安安所在的班级改选班委，安安全票当选学习委员。如今，已经上二年级的安安，学校的学业已经不再是她的负担，周末的外教英文学习、钢琴课和绘画课都是她的兴趣所在。

谈到安安的进步，俨如充满自豪："安安已经知道学习是自己的事情，有责任心也有兴趣主动去学习。去年夏天，她和爸爸一起开始学钢琴。现在，她爸爸的进度已经完全跟不上她了。"

俨如的一个好朋友在了解安安的情况后，特意来到俨如家里，想请俨如帮忙管管他的孩子。俨如说："安安能够顺利度过转型期，并非全是我的功劳，更多的是靠孩子小时候，我们和孩子建立并积攒下来的亲密关系。在孩子小的时候，你在孩子身上投入的爱越多，到后面遇到困难时，就越容易有四两拨千斤的功效。"

伟忠补充说："小朋友刚生下来，整个世界对她来说，就是一片空白。她和世界最早的连接就是直接照顾她的人。在这个阶段，如果爸爸妈妈直接照顾她，就能和她建立很深的情感关系。你了解她，她也了解你。在婴幼儿时期，孩子最容易和父母建立起百分百的信任关系。她信任你，她知道，你所有的行为都是为了她好。有了这个前提，有了这个情感基础，她就会愿意按照你的要求，努力去做那些在她看来还不能完全理解的事情。她会忍耐，她会努力，她会学会自控和勤奋。在孩子从婴儿到幼儿再到进入小学的关键阶段，父母直接的关爱和陪伴是孩子身心健康的关键。孩子从父母对待她的方式中来理解和学习她对待世界的方式。很多时候，如果父母认为孩子出了问题，最好先在自己身上找找原因。"

俨如说："所以，我告诉朋友，我能把安安从困局中带出来，这和孩子小时候，我们共同建立的情感和信任基础密不可分，这是我们全家共同努力的结果。在这个过程中，我们和孩子一起共同成长。我没有任何把握，能把别人家的孩子也带出来。"

生活在上海，幸福吗？

十年前，俨如曾经去法国出差。在那里，城市公共交通网络非常完善，而当年的上海只有三条地铁线。俨如发现在法国不少人虽然有汽车，却经常骑自行车出行，商店在晚上8点会停止营业。周末，所有的商店、餐厅都不营业。生活在这里的人们，有着和上海完全不一样的追求。

周末，法国朋友邀请俨如去他家，和他的家人共度周末。女主人在厨房里做烤鸡，做提拉米苏，两个可爱的孩子帮着准备餐前的开胃餐点，男主人则在院子里搭上烤箱，安放桌椅。

俨如说："法国朋友一家人其乐融融的场面，让我特别感动。我告诉自己，这就是我想要的生活。周末，我也要和我的爱人、小孩，在自己的家里，一起款待我们的朋友。上海发展得太快了，在上海这座城市里生活的人也很拼。很多人沉迷于加班、升职、出差，仿佛这才是生活的真谛。我觉得，可能再过几十年，也许只需要十年，我们很多人也会走到法国朋友的状态，我们终将回归家庭。既然我已经看到了这一切，那为什么不从现在就开始呢？"

伟忠说："我们特别享受一家人在一起的日子，特别享受一家人在一起干点什么的那种感觉。不是说我们很依赖对方，而是因为这让我们彼此都感到很幸福。这种幸福对安安来说，也是最重要的。"

俨如说："对一个小女孩来说，最大的爱就是和谐的父母关系。父母彼此深爱，是小女孩在童年时代能获得的最美好的礼物。在童年，她感受到的爱越多，安全感就越强，她对世界就越有善意、越有爱，而她本身的成

聚丰园路是一条快乐的街道

长也就会越好。我们从来不拿安安和那些牛娃去比去拼，我们只按自己的节奏前进。我也从来不去跟鸡血妈妈拼，她们太疯狂、太辛苦，我还达不到那个境界。我特别满意现在的生活，一个有责任心的老公，一个可爱的娃娃，一个属于自己的家。这一切，就是我最大的幸福。"

三言两语的题外话

Angela xia：这对父母不是上海人，尽管自己在世界500强工作，但自己接受的教育是中国式传统教育，对上海国际化的教育趋势选择不够精准，对自己事业的追求与计划缺乏精准性，导致牌不错，打得一般。通篇看来，这对夫妇"三观"比较正，因为来自同一个家乡，语言背景、生活习俗较一致，所以最后能打动他们自己和读者的，并非他们的工作、孩子、住房，而是他们这个家庭的真感情。

如果这是一对高中就在上海读书的上海夫妇，可能会选择：夫妻两人一人出国、一人在上海请人料理家务，老人帮助接送孩子。男主人的择业判断有偏差，既然孩子一开始走国际路线就不要改，如果走公立路线，夫妇两人就应当购买学区房，他们将房子买在宝山，选择有偏差，世界500强高薪职员不应在大宁学区地段买房。

几个重大选择都出现了偏差，好在夫妇两人"三观"一致，后面每一步，我看他们是要在"精准的选择"上好好下功夫！要好好做做功课了！

敏敏：用爱来滋养小朋友的未来是作为家长的我们都需要做的事。

10 钟点工蔡阿姨买房记：眼看房价从7 000元飙到2万元

蔡阿姨，53岁，江苏盐城人，聚丰园路小区的钟点工。2013年，蔡阿姨在花桥买了套93平方米的新房。从2013年到2016年，三年间，蔡阿姨的房子，单价从7 000元/平方米涨到2万元/平方米，总价涨了整整120万元。

蔡阿姨夫妇早年是江苏盐城某国有企业的职工，后来企业不景气，夫妇俩先后下岗。为了供女儿念大学，夫妇俩来到上海。

最早，他们开过网吧，后来网吧管理日趋严格，拿不到许可证，只好关门。他们炒过股票，屡战屡败，屡败屡战。2015年年底，本来还赚了2万多元，到了2016年，又全部赔光。蔡阿姨说，做股票这么多年，真是一分钱没挣着。

2010年，蔡阿姨打算在上海的郊区安亭买套房子，被老公给拦了下来。蔡阿姨说："我只有一个女儿，在我老公的观念里，女孩子用不着买房子。2008年，我们炒股票亏了很多钱，我老公一门心思想从股市上把亏掉的钱赚回来。结果，越想赚钱，越赚不到钱。赚不到钱不说，还白白耽误了时间。2010年，我们本来还买得起安亭的房子，一犹豫，就错过了。之后，上海房价一路上涨，我们就再也买不起了。"

聚丰园路是一条快乐的街道

"我跟我老公为房子的事,吵过好多次架。吵到2013年,总算说服他,去花桥买一套房子。"

"我当时的打算是,给女儿买套房子,好歹也算给女儿涨涨身价,增加砝码,指望她能找个好人家。男方最起码和我们一样,至少要有套房子。哪里想到,就因为我们有房子,我女儿找了个没房子的。她说,我们家有房子,就不在乎男孩有没有房子了。"说到这儿,蔡阿姨有点激动:"真是要被她活活气死。不过,我女婿人不错,对我女儿也好。只要对我女儿好,没房子就没房子吧。"

花桥镇是江苏省昆山市紧邻上海的一个小镇,也是上海地铁11号线的终点站。据说未来五年,苏州的地铁会修到花桥镇,这样,上海到苏州的地铁就可以在花桥实现贯通。

2016年1月,花桥镇的新盘每平方米的单价在1.1万—1.2万元之间,经过春节和随后的两轮上涨,到2016年下半年,花桥镇新盘的价格都达到2.3万—2.7万元之间,二手房均价在1.8万—2万元之间。

"2013年,我们去花桥买房子的时候,就有很多上海人在那里抢房子,多便宜呀。上海人要么是投资,要么就是把城区的房子让给儿女住,自己跑到花桥来养老。买房那天,总共428套房子,有2 000多人交了2万元的意向金,参加摇号。我们当时在两个小区交了意向金,幸亏交了两个,否则根本买不上。"

"我们家买的房子,原价7 000多元一平方米,总面积93平方米,附送了12平方米的房间,相当于一百平方米的三室两厅。我们首付40%,贷款60%,11年还清。考虑到女儿未来可能还要买房,怕二套房受限,房产证就写了我们两口子的名字。等以后我们老了,花个几千元钱,把女儿的名字加进去,反正迟早都是她的。"

"最近几年,贷款利率每年都在下降,现在我们每个月还4 000多元钱。我做钟点工,我老公也在上海打工,我们两个人加起来,一个月能挣1万多元钱,还贷款是没有问题的。我身边现在一点钱都没有,全部的钱都付了首付。房子装修也是我们两口子出钱弄的。"

"最近房价上涨得很快,我们小区精装修的房子,每平方米可以卖到2万元。我跟我女儿讲,要不我们卖掉花桥的房子,回老家,给你们买套大的,我们老两口买套小的,一起回去算了。"

"我女儿不肯,她就是喜欢上海,死活就觉得上海好。她大学毕业刚来上海的时候,还不太喜欢上海。现在,她越来越喜欢上海,说什么也不走。当初给她在花桥买房子,就是考虑到从花桥到她上班的地方,坐地铁只需要45分钟。哪想到,房子刚买好,她们公司就搬到奉贤去了。"

百度地图显示,从奉贤城区到花桥镇,公路距离70公里左右,如果乘坐公共交通工具,公交车换地铁,最快的时间是3小时18分。

"我姐姐的儿子和媳妇,在老家的学校当老师,两个人一个月挣5 000多元钱,有房有车,过得也挺好。在我们看来,在事业单位工作是件很骄傲的事情。我女儿就看不上,她一个人的工资比我姐姐的小孩一家人工资还高。她就是觉得上海很好。"

"我们只有一个女儿,所有的都是为了她。只要她喜欢,就随她。"

"我们小区有个业主群,大家都在说,最近不要卖房子。等到苏州的地铁通到花桥,和上海连通后,房价肯定还会大涨。现在捂一捂,不怕的。"

"我们在老家还有套房子,这几年基本上没涨。在上海,就这么一套房子,也不大可能卖掉,都是留给女儿的。趁着我们还干得动,再多干几年,把贷款还清了,不要给女儿背包袱。"

"女儿最近刚怀孕,国庆的时候,我还得去给她买点好吃的,伺候她养小孩。"

聚丰园路是一条快乐的街道

三言两语的题外话

丁祖昱

买房是上海人永恒的话题，不管是土生土长的老上海人，还是来自四面八方的新上海人；无论是富豪金领，还是工薪阶层钟点工，房子是绕不开的坎。

但对年轻人来说，买了也好，没买也罢，让他们离开上海换个城市过更加安稳、舒适的生活，几乎所有人都会说"不"，这就是上海的魅力，这就是国际大都市给了所有人的梦想所在！

韦蓓丽

我们生活在一个具有不确定性、复杂性、模糊性的时代，正因为这个时代的特征，我们的生活丰富而有戏剧性。在激荡的资本市场，资产可瞬间蒸发，也可以瞬间聚合。

这个时代诱惑太多，我们要清晰知道自己要什么，有所为有所不为。蔡阿姨53岁了，她坚守着自己的念头——买房，简单而执着！正是她的这份执着，让她的女儿安家立业，让她的资产三年间增值近三倍，让她一下子跻身百万身价的行列。

一个正确的念头很重要，坚守这个正确念头同样重要。

11 最后的磨刀人

2016年冬季的下午,眼见着一个头发花白、身板挺直的老人扛着长凳,沿着聚丰园路的商铺缓步前行。

老人经常在聚丰园路的学林苑小区门口给人磨刀,看来,今天他的生意不太好。我心中不忍,把家里的菜刀、水果刀、剪刀找出来,凑了5把,给老人送去。

磨刀的活,说起来简单,真干起来,全是学问。

老人的这长条凳,放下是工作台,抬起来是扁担,全部家当扛着就走。

板凳前端的磨刀石,放在一个木板架构成的斜坡上,便于更好地用力。木板斜面下的弹簧丝,用于清除刀垢。

板凳最前端,吊着一个塑料桶,用来接磨刀过程中产生的污水,桶里也放着其他大小不等的磨刀石。根据刀尖、刀背的差异,磨刀石也有区别,小的磨刀尖,大的磨刀背和刀面。一块磨刀石,店里卖15元,一个多月就得换一块。

板凳前端的左侧,钩挂着一个小铁皮盒子,盒子里盛着清水,还放着一把小刷,磨刀时,老人常用刷子蘸水清洗磨刀石。

板凳后端,挂着一个工作包,包里放着其他的工具。

聚丰园路是一条快乐的街道

一整套行头，简洁、高效。老人每磨一把刀，至少要经过干磨、水磨、试刀等多个环节。

除了必需的磨刀石之外，磨剪刀有专用的类似铅笔的磨刀锥，还有专门敲打剪刀的榔头和铁砧。

平均磨一把刀大约用时10—15分钟左右，收费5元。

老人70多岁，来自江苏农村，在聚丰园路附近磨刀已经20年了。由于耳朵不好，听人说话，非常吃力，他说："前几年开始，从颈子到头，就有一根筋扯着，疼得很。看东西，睡觉，如果不把头摆正，就痛得很。"

"去过医院吗？"我问。

"去过。去年去大场医院，吃了五六百元的药，没管用。"

"那您没认真检查一下？"

"检查了，"老人家一边认真干他的活，一边回答我，"医生让躺在一个床上，头放在机器里面，然后滑进去。用掉170元，也没查出是什么毛病。"

"那疼起来怎么办？"

"熬着，那也没办法咯。"

"您老这么大岁数，为啥还出来干活呀？"

"不干活，没得吃呀。农村每个月发110元钱，不够吃，不够用。"

"儿子、女儿不管您呀？"

"他们自己都有家有口，日子过得紧，管不了我们老头老太。"

"儿子、女儿也在上海打工？"

"没有，两个儿子都在老家，女儿嫁人了。"

"儿子在家，您老在外？"

"是哎。村子里和我岁数一样大的人，基本上都不干活，都在家里玩。我闲不住，在家里待着没有心气，也没人给你钱。趁着还干得动，我就自己出来干活。自己挣两个钱，够我和老伴花，很好了。"老人家说话时的表情相当满足。

"这一个月能挣多少钱呀？"我问。

"两千多元吧，也要看运气的。天气好的时候，多挣点，碰到刮风、下雨、天气太热、太冷，就没什么活干。中秋节前、国庆节前生意最好，春节前，要是天气不冷，也有生意。"

"两千多元，在上海，够生活吗？"

"够，很够了。"老人家说话

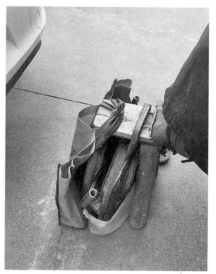

的间歇，拿着小刷子擦了一下磨刀石，"我和老伴住在南陈路上的农村小房子，280元一个月。早晨，吃过早饭，7点半，我就出来。中午，在外面买个烧饼或油条，就是一顿饭。下午，4点半，回家烧饭。

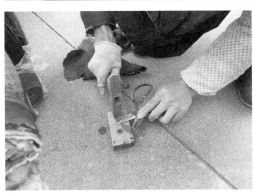

挣的钱，我和老伴生活，够的。"

"今年春节，回家吗？"

"回家呀。"

"那回家，儿子们给你钱吗？"

"不给。"老人家很认真地回答，"他们都是打工的，哪有钱给我？"

"您老准备再干多久？"

"再干两年吧。"

"以后不磨刀了，准备去哪儿呢？"

"回家养老。"老人家顿了顿。

"儿子们养你吗？"

"会养的。"老人家埋着头磨刀，几乎没直过腰。老人似乎怕我没听清，特意重复了一遍，"到时候，就会养了。"

"那您给他们钱吗？"

"老大不给了，老二要给。"

"为什么老二要给呀？"

"不给钱，他不高兴。老二的女儿还小，给他女儿。我是爷爷，回去总得给小孩子们买点糖吃吧？给个千把元钱，让孩子们买糖吃。"冬天的风有点大，老人的鼻涕掉了下来。

在我和老人家聊天的这当口，又有人送来两把剪刀。

离开时，我给老人留下40元和一只苹果，老人说了句"谢谢"，继续干他的活。

也许，再过两年，这个城市，再也不会有磨刀人了。

三言两语的题外话

杨絮：被老人认真、执着的匠人精神深深打动了，20年的时间，做着磨刀这一件事情，细微之处见真章。在70多岁的年龄，仍然凭借自己的双手追求"有心气"的生活，这样的生活态度让人肃然起敬。

老人的身体状况和生活条件也着实让人担忧，儿女自顾不暇，看着不由得心酸。父母在培育孩子的过程中，需要在每个阶段让孩子承担力所能及的责任，孩子才能成长得更快。孝顺需要"有心"，更需要"有力"，在生活中懂得了担当，才能体会父母的不易，在生活中磨炼过，有能力养好自己的小家，才能有余力照顾父母。

人生百般滋味，生活需要笑对；心不老，则岁月不老。

程芸：可怜天下父母心，世间爹妈情最真，泪血溶入儿女身。殚竭心力终为子，可怜天下父母心！教育孩子孝为先，这是做人最起码的要求。70多岁的老人，在寒风中工作，纵然是路人，也会心疼。这是儿女的错，还是社会的问题？

聚丰园路是一条快乐的街道

三言两语的题外话

徐嘉晨：每位父母都是磨刀人，在岁月的长河里打磨着生活与家庭。

Shirley：不知道为什么看完之后，鼻子有点酸酸的，是被老手艺人的自食其力、吃苦耐劳所打动，还是对老人儿子的行为的不齿，抑或是对于渐渐埋没在金钱物欲下的操行的坚守？说不出来，也不明白。

王学超：生活中的每一个小细节，都透露着感动！愿匠人常在，匠心永存。

李方甫：时代在进步，精神永流传。历史长河中或许菜刀已经不需要再磨砺，但是人的精神世界或许更需要不断地磨砺，消逝的磨刀人，不变的城市魂！

王妍琳："磨剪子咯～～戗菜刀！"街头巷尾高亢而拖着长音的吆喝声和手艺人正在消失。好像"阿有坏额棕绷修哇"已经听不到了，怀旧感仍然阻挡不了历史的车轮滚滚向前。

12 | 一个不会说话的女生,当被上海善意相待时,她的每一幅画,都能看到欢乐,听到笑声……

竟然有人在简历里写着:不会说话

2014年11月,春秋航空春卷粉丝会的吉祥玩偶派乐,由新媒体中心的天才设计师天志设计完成。新媒体中心急需一名高水平的手绘师,来完成有关派乐的各种动漫设计。

春秋航空吉祥物派乐

聚丰园路是一条快乐的街道

派乐和女朋友蕉蕉骑着自行车游长城

由于公司人才库没有合适的候选人,新媒体中心的负责人拿钢直接在招聘网站上搜寻简历。看到一位名叫"张曼"的候选人的简历时,备注栏上的几个大字引起了拿钢的兴趣:不会说话!拿钢回忆说:"我当时就想,这姑娘可以呀!有个性!新媒体就需要这样有性格的人,我得见一见。"

张曼来春秋航空面试的那天,人力资源部的小姑娘打上门来,质问拿钢:"您是领导,不该故意找茬,刁难我们这些小朋友呀!我们哪里做得不好,您可以直接批评呀!"拿钢有点糊涂,找什么茬?人力资源部的小姑娘一股子被欺负的冤枉劲:"您自己去看看,来了个不会说话的,我们怎么面试呀?"

派乐的设计师天志

春秋航空新媒体中心"二姐"

12 一个不会说话的女生,当被上海善意相待时,她的每一幅画,都能看到欢乐,听到笑声……

见到张曼后,拿钢才发现,"不会说话"真不是客气话。在简历的"个人情况"一栏中,张曼清楚地写明:"本人有听力及语言障碍。"只不过拿钢一目十行,看得太快,没瞅清楚。"那会儿,我也有点蒙!"拿钢说。回过神来,拿钢安排派乐的设计师天志和新媒体部的同事"二姐"先去面试张曼。

天志这样评价张曼的面试表现:"在那一批面试的几名手绘师中,张曼的手绘技能是最过硬的。"

"二姐"说:"我拿着手机,面试了张曼。两人面对面,用手机打字面试,感觉还是蛮新鲜的。"

通过"二姐"、天志的初面后,张曼迎来了新媒体中心负责人拿钢的终面。

"我直接问张曼理想薪资是多少时,她比了一个'2'的手势。我心想,画得好就是不一样,一开口就要2万!我开玩笑地在纸上写,是2K吗?她回答说'是的'。"拿钢说。这么优秀的手绘师,对薪资的要求如此之低,其中一定有原因。深入笔谈后,拿钢更多地了解到张曼的生活、工作和家庭。

张曼出生于1979年,河南开封人。婴儿时期,因患肺炎,医生用药失误,导致双耳失聪。通过努力,张曼从开封聋校考进武汉第二聋校,高中毕业后,以优异的成绩,考入长春大学特殊学院艺术设计专业。

本科毕业后,张曼在郑州工作近十年。2014年,张曼来到上海,住在聚丰园路上。同为聋哑人的丈夫已经来上海很多年,在上海从事室外设计工作。一些不良公司在招聘时,看他们会画画,常会给他们许下一个较高的薪酬,例如月薪1万元,但前提是必须有三个月,甚至五个月的试用期,试用期薪酬只有2 000—3 000元。

聋哑人求职,本来就比正常人困难,所以,即使是五个月超长试用期的苛刻条件,他们也会很高兴地接受。在废寝忘食、不停加班、忘我工作五个月后,公司会找各种理由,让他们走人。第一次碰到这样的情况时,

张曼和她的丈夫还很生气,后来类似的情况多了,他们也慢慢习惯了。

"我当时就正义感爆棚,那些垃圾公司迟早会遭报应。"拿钢当场拍板,留用张曼,并且破例,无须试用期,直接正式入职。

她的每一幅画都在笑

2015年1月,张曼正式入职春秋航空,至今(2017年)已经两年。在过去的两年中,她画过数不清的"派乐"作品。

手绘直播上市仪式

2015年1月21日,春秋航空成功上市。春航官方微博用一种特殊的方式,全程直播了上市仪式,所有的现场画面通过手绘即时完成。

接到任务后,张曼提前查找上海证交所的资料,详细了解各个环节以及出席上市仪式的领导、嘉宾的相关情况,提前画好无数稿草图,为手绘直播做好充分准备。

1月21日上午8点到10点间,张曼根据现场同事的传回的照片以令人难以置信的速度画底稿、上色、输出、发送……精准还原了仪式现场的各个重

春秋航空上市

12 一个不会说话的女生,当被上海善意相待时,她的每一幅画,都能看到欢乐,听到笑声……

要时刻。

当天的国内外各大媒体评价,春秋航空的上市仪式有两大亮点:一是王正华董事长带领100多名企业管理者,第一次把太极拳"打进了"上海证交所的大厅。

王正华董事长带领员工在上交所大厅打太极拳

另一大亮点则是春秋航空别出心裁地通过漫画的形式,以"几乎不可能"的速度,还原了上市仪式!

紧追热点

什么热就画什么,几乎成了新媒体中心不成文的规定。

很多时候,策划组的同事还没来得及跟张曼提要求,她已经完成最新"热点"的创作。电视剧、娱乐新闻、节假

派乐版《太阳的后裔》,派乐穿上军装,真的好帅啊!

春秋航空新媒体中心同事们的"大头漫画"

日、头条新闻……她笔下的一张张作品，或呆萌爆棚，或令人感动，或让你忍俊不禁……

新媒体中心的大头漫画

某天早上，春秋航空新媒体中心的每位同事都收到一封"神秘"的邮件，张曼利用业余时间，为每人画了一幅"大头漫画"。这些大头漫画，成了新媒体部同事们微博、微信、QQ等社交媒体账号的首选头像。

办公室墙面彩绘

2016年五一劳动节，张曼仅用三天时间，通过手绘的方式，让春秋航空办公室的十几面墙壁"爬"满派乐。

新媒体中心事先做了严格的保密工作。当五一假期结束，同事们回到

12　一个不会说话的女生,当被上海善意相待时,她的每一幅画,都能看到欢乐,听到笑声……

办公室墙面彩绘

公司上班时,看到满墙的派乐手绘惊讶不已,纷纷拿起手机,拍照,发朋友圈。

5米高巨型派乐,惊艳东瀛

2015年,张曼设计的身高5米的派乐机长现身东京,参加JATA日本旅游大展,无数日本观众排队拍照,完爆全场。

一家善意的公司,一群善意的人

《太阳的后裔》最火的那段日子,一个阳光明媚的下午,在新媒体中心的女生们的强烈要求下,拿钢定制了一个"新媒体中

惊艳东瀛的巨型派乐

重要场合,派乐怎会缺席?(蛋糕旁边戴墨镜的派乐)
(前排左一为张曼)

心爱宋仲基"的蛋糕。当天,被新媒体中心命名为"宋仲基日"。

2015年,春秋航空市场部年会,文艺会演。拿钢说:"我们当时为了带上张曼,特地把歌曲的一半,改成手语。"

新媒体中心同事晓艳说:"上台表演时,我站在张曼身边。等到做手语时,由我来提醒张曼一起做手语。"

"二姐"说:"到现在,我都还会用手语比画'因为我们是一家人'。"

拿钢说:"有一次,我们在QQ群里聊到学开车,不知道怎么说到残疾人能否考驾照的事情,不记得谁说了一句'啊?聋哑人听不到喇叭……怎么开车?'整个群里突然安静,大家都觉得自己闯祸了,反倒是张曼轻松地说'聋哑人是可以学开车的哈!但是有条件的……'大家如释重负。一直以来,张曼就是个积极乐观的人,她从来没有因为自己听不见声音,而感到自卑。"

12　一个不会说话的女生,当被上海善意相待时,她的每一幅画,都能看到欢乐,听到笑声……

同事眼中的张曼

天志说:"我和张曼之间的工作交流,主要通过手机来实现。总体而言,沟通过程很顺畅,张曼也非常懂得如何与同事进行交流。当然,也不能说沟通完全没有问题。毕竟相比口头表达而言,写的效率要低得多。张曼的可贵之处在于,如果遇到不太明白的地方,她会按照自己的理解,先完成一个作品,我们可以在她的作品的基础上,再进行改进和完善。她是一个非常聪明的人!"

张曼眼里的Jonathan

英国人Jonathan是春秋航空国际品牌总监,不但能说标准的普通话,更能说一口流利的上海话。Jonathan说:"我们英国人非常不喜欢残疾人这个词。残疾人,仿佛是在说一个人没有能力,缺少点什么。而张曼是个能力非常强的女生,她能够来到春秋航空,进入我们新媒体事业部,恰恰是因为我们缺少她所拥有的能力。"

Jonathan说:"如果说与张曼的沟通有障碍,那不是她缺少和我们沟通的能力,而是我们这些人缺乏和她沟通的能力。她加入我们的团队,实际上是增强了我们的沟通能力。作为一个女性,她面对的挑战要比男性多得多。张曼的幸运之处恰恰在于,春秋航空这家公司非常适合她。在春秋航空的各个部门,到处都能见到优秀的女性管理者,她们既聪明、又敬业,公司的前CEO、现任春秋集团副董事长张秀智就是一个非常典型的女性管理者。只有在一个公平的公司,在一个公平的环境中,一个有才华的人才有机会施展全部的才华。在新媒体中心,包括张曼在内,每个人都是独一无二的。"

聚丰园路是一条快乐的街道

春秋航空的董事长王正华在了解到张曼的情况后，明确指示："对于张曼以及类似的员工，我们一定要善待他们，不要伤了人家的心。对于他们个人，公司要给予更多的关心和爱护，对于他们的成绩，公司要给予更充分的关注和激励。"

拿钢说："我们平时从来没有觉得张曼是个'特殊'的同事。大家出去聚会、吃饭，都会叫上张曼，而且她也很乐意参加。有一次集体看电影，她也报名了。我们还特地问电影院，有没有字幕？"

一个不会说话的女生，被上海这座城市善意相待时，在她的画中，我们看到了欢乐，我们听到了笑声，我们更感受到这座城市的美。

三言两语的题外话

拿钢：特喜欢Jonathan那句话——如果说与张曼的沟通可能有障碍，那不是她缺少和我们沟通的能力，而是我们这些人缺乏和她沟通的能力。她加入我们的团队，实际上是增强了我们的沟通能力！

Selina：人与人、人与团队、人与城市之间，皆因满满的善意、不懈的努力、独特的个性、美好的追求而相互吸引、关心、共鸣和成就彼此，谢谢张曼姐姐，带给我们可爱呆萌的派乐。

赵芮：The world has kissed my soul with its pain, asking for its return in songs. 世界以痛吻我，我要报之以歌。

12　一个不会说话的女生,当被上海善意相待时,她的每一幅画,都能看到欢乐,听到笑声……

三言两语的题外话

施晓文　不知道为啥,脑子里第一反应,是这么句话:上天给了我们黑色的眼睛,我们却用它来寻找光明。对张曼来说,双眼看到的远不仅是光明。羡慕头像,跪求同款!

Leonardo　对春秋好感爆棚,张曼好有才、好有爱,刘老师头像萌萌哒。

森　刘老师好!我是您的一名学生,2014年参与了您的课堂互动,订了派乐玩偶,收到快递的当天发现自己怀孕了,同派乐也是颇有缘分。

森　同张曼一样,我的宝宝先天性重度耳聋,一岁以前也是生活在无声的世界里,可是我们又无比幸运,生活在这个时代,有人工耳蜗可以让他听到声音,手术半年,现在会说很多词,甚至比同龄孩子理解得更好。希望他以后可以像张曼一样,做一个积极乐观的人。也感谢您的这篇文章传播的爱心和暖意,希望听障人群都能被这个世界温柔以待。

碧云　吃苦耐劳,这是我看完文章后对张曼的第一印象,但是她完全用快乐来把艰辛覆盖掉了,为了自己喜欢的事业积极进取,丰满了自己的同时,也把欢乐带给大家,更让人赞赏的是她这份积极的心态,这是无价的!

谢嘉祖　张曼用她的画去向世界表达她对生活的热爱。

13 | 跑马拉松的时候，我们在想些什么？
——我和学生们一起跑完了半程马拉松

我在紧靠聚丰园路的上海大学任教。从2013年起，我就开始和学生们一起跑马拉松，最开始是半程马拉松，从2016年下半年开始跑全程马拉松。

2015年，是我们跑半程马拉松的第三年。2015年10月，我和学生们一起参加了"2015上海崇明森林半程马拉松"。

10月24日清晨，出发！

请注意看我们的队服，由台湾最大的情趣用品连锁机构"保险套世界"制作，全部从台湾空运而来。

题外话：从淡水到九份、从西门汀到垦丁，在台湾各主要景点，你可能会随时偶遇"保险套的世界"，别羞涩，进去看看，也许你会有很多美好的发现。

2013年，我去台湾旅行，适逢好朋友志成在台湾开会，相约同游九份。志成说："任何一个细分领域，只要真心考虑用户的需求，从人的角度出发，关心人、体贴人，就会有创新，并产生新的商业机会。"比如这家情趣连锁店，比如在矿泉水瓶里装上茶水冰好卖给用户。中间的那位胡

台湾旅行合影（右一为好友志成）

子哥是九份店的店长。因为在台湾旅行，喜欢这家店，进而机缘巧合，我和这家连锁店的创始人Jim Wong成为好朋友。Jim是天才的设计师，绝对的好人，但好人并不一定是好生意人。Jim的设计和产品绝对一级棒，对"保险套世界"和Jim感兴趣的朋友，欢迎联系我。这算植入式广告吧，嘿嘿，偶尔偏题一下。

回到主题。

马拉松起跑点，大家还是可以耍酷的。

13公里时，就成这样了！其他人呢？你猜！嘿嘿，其他人都跑前面去了。

最后，我们所有的人都在3小时内到达终点！

团队共同胜利的感觉帅呆了！

聚丰园路是一条快乐的街道

起跑点合影

13公里处合影

王敏嘉，上海大学生物系学生，曾经在Uber上海、唯品会实习，第一次跑半马。报名时，只报了8公里比赛，一不小心，跑完半马。敏嘉说，通过参加马拉松比赛，她总结出年轻人应对未来世界竞争的三个原则：

原则一：敢于突破。从来没跑过那么远的距离，身体到达极限后，每

所有人都在3小时内到达终点

跑完半马的王敏嘉同学

跑一步,都是进步,每多一米,都是新纪录。

原则二:敢于相信。刚开始,她以为最多能跑8公里,没想到能拿下半马,成绩为2小时46分30秒。很多事情,想着想着就实现了。相信,还是要相信,一直要相信。精诚所至,金石为开。

原则三:敢于坚持。队友!伙伴!步调节奏,呼吸频率一致,共同前进,前进!向前,向前,不停歇!

2017年7月,王敏嘉本科毕业,去美国迪士尼进行为期半年的实习。2018年回到上海参加校招,进入"拼多多"工作。

梁根,上海大学经济学院研究生,2015年毕业,就职于宝钢集团下属电子商务公司欧冶云商。我们一起跑过上马、厦马。论体力、耐力,队伍里他最强,但每次比赛,他总是跑在队伍的最后面。

梁根说:"跑在前面的女生,只要知道我们在后面,她们心里就不会

20公里处合影(右一为何东,右二为梁根)

慌。"比赛过程中，碰到掉队的队友，他总是会陪着慢慢跑。

何东，梁根的本科同学，现在上海一家猎头公司工作。何东是个体力非常好的人，第一次跑半马。赛后，他非常严肃地说："穿了一双像运动鞋的板鞋来跑马拉松，感觉脚快废了，一直在痛。"

王敬怡，曾服务于上海某广告公司，2016年离开上海，回到老家创业。敬怡是第一次参加半程马拉松，完全没有经验，前段跑太快，随后被我们追上。我们带着她跑了一段后，梁根主动留在后面陪她跑到14公里处。

跑完半马的王敬怡同学

敬怡说："跑步除了要穿合适的跑鞋，袜子也很重要，不然到10公里的时候就会感觉鞋里进沙子，跑完之后才会发现脚被磨破了。跑步过程中有人鼓励很重要，即使比别人慢一点也不会想到放弃。跑步后第二天，走在路上像是怀孕仨月了，那姿势……如今的年轻人一定要学会释放压力，尤其是已经在舒适区的人们，找点事做，给自己一个看似不可能完成的任务。平时只跑5公里的我参加半马就是新挑战，伙伴们都冲到前面了，怎么好意思掉队呢？找对伙伴，才能心安理得地享受胜利果实。趁年轻，做些配得上你大好年华的事，青春应该挥霍掉，又不能存银行咯。"

许可，第一次跑半程马拉松。上海大学会计系2014级硕士研究生，2016年毕业，现在全球四大会计师事务所之一的德勤工作。许可说："人生第一次跑半程马拉松，跟草根堂的朋友们一起挑战自我！2小时41分钟，21公里。原来意志力可以这么坚定，自己可以这么强大！在前进的道路上，没有人可以阻止你的脚步，除了你自己。感谢各位一路同行的伙伴们，爱你们！"

聚丰园路是一条快乐的街道

跑完半马的许可同学

跑完马拉松的第二天,许可在朋友圈里发了条微信:"跑完马拉松的第二天,几乎成了半个残疾人,肌肉酸到上下楼梯都需要扶着扶手。但是想想昨天,内心还是会涌上巨大的喜悦之情!跑步时,一路呼吸着崇明清新中飘着淡淡桂花香的空气,有同行小伙伴互相的加油,路边围观市民热情的鼓励,设置恰到好处的补给站,我只要跟着耳机里的音乐调整好步伐与呼吸,期待着下一个再下一个标着里程数的指示牌,直到终点。每当要停下脚步的时候,都想到园园说的,一看时间来不及就赶快跑啦!嗯,这招非常有用,谢谢园园!跑完之后大家一起咬着奖牌拍照留念的时候真是特别开心,都跑完了,一个没落下,我们都是好样的!跑的时候我一直在想,马拉松跟考试,跟人生的阶段其实很像,踏出的每一步都不是白费,但仅仅有这一步还不够,需要信念与坚持,需要伙伴的鼓励,需要能量的补充,终点会给你带来爆发式的回馈,激励你投入下一次挑战。希望我可以一直抱着这么积极乐观的态度跑下去,在马拉松的路上,在人生的路上,一直在路上。"

"很多跑马拉松的朋友都有这种感受,成功完赛所带来的喜悦难以名状。今年这么多小朋友一起跑完的时候,我感觉自己简直帅呆了!明年,也许我可以试试全程马拉松。"许可说。

侯玉芳,同济大学土木工程系研究生,第一次跑马拉松。她是我们在比赛过程中"捡"来的姑娘。她的同伴跑得太快,她被落在后面。于是,跟着我们的队伍,她跑完了后面三分之二的赛程。

侯同学的马拉松之旅,完全是个社交旅程,请看她是怎么说的。

13 跑马拉松的时候,我们在想些什么?

成功完赛带来的喜悦(前排左一为同济大学侯玉芳)

2017年,侯玉芳研究生毕业,留在上海,进入一家著名的国有大型房地产公司工作。

郑爽,上海大学2015届材料学院本科毕业生,复旦大学2015级博士研究生,第二次跑马拉松。天生平足,蹦蹦哒哒,玩一样地轻松跑完比赛。女博士,就是那么酷!

张园园是我的研究生,是我这几年最得力的助手。2016年,园园研究生毕业,进入全球四大会计师事务所之一的安永,从事IT咨询。她是位非常细腻的女生,在她的眼中,马拉松是这样的。

一次成功的比赛,离不开后援团的支持,隆重介绍本次崇明半程马拉松的饭团长小懒(坐在地上,戴帽子的姑娘)。团队吃饭的问题,全靠她。

143

跑完半马的郑爽同学

园园的马拉松之旅

我们的摄影师陈小一同学，上海大学影视学院学生，很多优秀的照片就出自她的手中。

小一说："我是一个不爱运动的人，换一个词说，就是我比较懒。这次

赛后全体合影

去崇明的初衷也不是为了运动,我没有报任何的跑步项目,带了个相机去拍照,想要去认识一群很不一样的人,所以我的感受比较独特。我用镜头捕捉大家冲过终点的那一刻,我没办法体验你们奔跑的感受,我只能通过视觉去撬开每个点。我知道,马拉松跑者在奔跑过程中的心理建设很有意思,而我所获的是最后一个点。有的人跑过终点时,很兴奋地指着计时器,我把这种状态理解为征服,数字是自己的一次成就。有的人跑过终点面色涨红,喘着气慢慢缓劲,我没办法设想他在奔跑过程中是否有过放

摄影师陈小一同学

弃的念头,我捕捉到的是他的坚持。人一辈子会经历许许多多的21公里,即使这一步脚重得似灌着铅向前,下一步却可以冲刺终点。信念很重要,坚持也很重要,一个马拉松跑者如此,我们也一样。我们可以把这次跑步当作运动,也可以当作是对自己的挑战,当作一群人的狂欢。一路上你可以遇见很多人,有些人或许于你匆匆一瞥,有些人或许给你支持鼓劲,让你坚持奔跑不停止。而我,感动于这一次半马中收获的这样一群人。我或许很懒不爱运动,但是也因此拥有了一种奔跑的悸动。"

马拉松的路上,我们会继续跑下去,加油!

三言两语的题外话

Sarah Wang

看了刘老师的文章,不由想起来一句话:It's not how good you are, it's how good you want to be.

无论你是几零后,无论社会给了你什么样的符号定义,永远记得开始行动了就是好的开始,马拉松如此,人生亦如此。从六七年前认识刘老师开始,一路感受到他的行动,他的越来越好。他也在一路把这种最舒服和恰如其分的双重角色互补带给了他的学生们。

我曾有幸给他的学生们做过演讲,还录取过他的学生加入我的公司,深深感受到他们在激情活力中的战斗不止。既然选择了远方,便只顾风雨兼程,让我们一起跑起来,笑面生活的五味杂陈。

许可

对我来说,三小时不到的崇明半程马拉松就是一把打开新世界大门的钥匙。从听与看,到做与思,从单次跑步最远距离不足3公里,到现在每星期四次5—8公里,外加健身和瑜伽,运动成了一种态度、一种习惯,征服、分享、超越,就像一颗颗种子埋于我心,在生活的路边开出缤纷的花。很感谢刘老师的组织,让我们有机会接触到这项迷人的运动,希望以后能有更多机会和更多的朋友们一起跑马,分享快乐!

14 | 大时代洪流下的一艘小船：
一个家庭的小三线变迁史

1964年开始，重庆嘉陵机器厂陆续派出很多职工前往全国各地支援三线建设。外公于1966年被重庆嘉陵机器厂派往山东沂蒙山区的小三线企业——山东民丰机械厂，外婆以及全家随后陆续前往。直至1983年，全家返回重庆。三线建设，于国，是宏大的战略规划；于家，是酸甜苦辣和柴米油盐。个中滋味，如人饮水，冷暖自知。

外公是个好人

我的外公夏云辉出生于1913年，重庆沙坪坝区土主镇人。外婆杨明华，出生于1920年，比外公小7岁。

20世纪30年代，国民政府开始在四川乡间强行征兵（重庆在很长一段时间内，都是四川的一部分，在外公外婆这一代人看来，我们就是四川人。基于家庭传统，本文对四川和重庆不刻意加以区别），三丁抽二，二丁抽一，无人可以幸免。唯一特殊的情况就是，如果家中有人在兵工厂当工人，则可全家免去抽丁。

年轻的外公在土主老家担任保长，眼看着同乡亲朋被拉丁带走，妻离

子散，于心不忍。加之当时外公家中兄弟众多，也免不了要被抽丁当兵。为保全家中众兄弟，更为了不做拉丁的"造孽活路"，1938年，25岁的外公想方设法进入重庆嘉陵兵工厂（现在的重庆嘉陵集团前身），成为一名冲压工。彼时，嘉陵兵工厂是国民政府在内地最重要的兵工厂之一，工厂里的工人社会地位高，收入稳定。

从1938年开始，外公在嘉陵厂工作了整整28年。对于这段岁月，外公的徒弟这样评价他："师傅工作踏实、肯动脑筋，经常搞一些土洋结合的小改小革。师傅一辈子待人诚恳，从不害人，更不欺负人，总是替别人着想。"嘉陵厂的很多老职工提起外公，都会夸他是一个好人。

外公这辈子，工作上听党的话，生活上听外婆的话

外公于1952年入党。外公这辈子，工作上听党的话，生活上听外婆的话。三年自然灾害期间，国家发出号召，鼓励工人回到农村，从事农业生产。外公当时就准备回农村去种地，幸亏外婆及时阻止了他。依稀记得家里长辈说，当时外婆的态度很坚决："要回农村，你自己一个人回去，我和娃娃们不回去，娃娃以后还要读书就业，回到农村去，以后啷个办？"

外婆从小没了父母，跟着她的奶奶长大。外婆在世的时候，每次回老家，都要去给奶奶扫墓。很遗憾，我从来没跟她一起回去过。我曾动过念头，得去看看外婆的奶奶的墓在哪儿，以后要是外婆走了，我还可以去给外婆的奶奶扫扫墓。念头一闪而过，2010年，外婆去世，家里再没人知道那墓地的具体位置。前几年，外公外婆的老家被大规模征地，建了大学城，估计那墓地也被平了。

外婆好像是外公家的童养媳，虽然从小就没机会念书，但外婆极聪明且明事理。外婆嫁给外公时，外公的父亲和叔叔没有分家，两个大家庭二十多口人生活在一起。外公是长子，要挣钱负担一家人的生活，外婆是

长媳,要安排一家人的饮食起居。每天,外婆要为家里二十多口人做饭,从早到晚,无一刻闲暇。

40年代,外公在嘉陵兵工厂站稳脚跟后,把外婆接去城里。外婆进了沙坪坝的重庆纺织二厂,成为一名纺纱女工。进城的外婆,有感于自己不认字,最看重子女教育。对子女教育的关注,自此成为我们整个家庭始终如一的头等大事。

外公的调令来了

60年代中期,中国周边的国际局势日趋紧张。东面和南面,被美国军事势力重重包围,北面和西面,面临苏联的巨大压力。1964年,毛主席做出"三线建设"的战略指示和部署。自1964年开始,嘉陵厂陆续调出很多干部和工人,前往支援湖南、陕西、安徽、山西等地的三线建设。

1966年,53岁的外公接到支援山东民丰机械厂的调令。民丰机械厂位于山东省临沂地区蒙阴县沂蒙山脚下,是嘉陵机器厂重点援建的三线工厂。从嘉陵厂派去民丰厂担任厂长的山东人毕厂长以及其他几名从嘉陵厂调去的车间主任们,向嘉陵厂提出调动外公前往支援民丰厂的要求,理由是新厂组建,为了尽快开工生产,急需生产骨干。

很多年以后,时任嘉陵厂人事科科长的陆兆林曾告诉舅舅,嘉陵厂方面起初并不支持民丰厂的要求,主要原因是外公马上要到退休年龄(当时男性职工的退休年龄是60岁),去山东,也工作不了几年。可是在民丰厂的多次要求下,嘉陵厂方面也不便再坚持,再坚持下去就是反对"三线建设"了,这个帽子谁也不敢戴在自己头上。

我曾问过舅舅,外公接到调令的时候,是否有过怨言?舅舅非常肯定地告诉我:"绝对没有。1966年,你外公接到调令的时候,我不到15岁,很多事情都记得清清楚楚。在那个年代,只要组织做出决定,个人必须无条件服从。外公对组织的决定,从来没有半点抱怨。"

好大一个家

外公外婆一生,养育长大的子女共有四个:大女儿永芬、二女儿永芳(我的妈妈)、儿子永福、三女儿永明。

1966年前后,外公家里共有10口人,分别是:外曾祖母(外公的妈妈)、外公、外婆、永芬姨妈一家(夫妇俩加两个女儿)、我妈妈、永明姨妈、舅舅。这么大一家人,住在两间不大的屋子里,住宿条件相当糟糕。外公去山东那年,永芬姨妈在嘉陵厂上班,我妈妈在重庆八中(重庆著名的重点高中)上高二,舅舅在重庆三十二中读初中,永明姨妈在念小学。

当时工厂推行"七进七出"新制度,即早晨7点上班、晚上7点下班,照顾一家老小生活的重任落到了外婆身上。40年代外婆从土主老家进城后,先在纺织二厂工作,1958年调回嘉陵厂食堂。1963年,永芬姨妈的大女儿刘蓉表姐出生,家里实在忙不过来,外婆只得放弃工作,回到家里。从此,外婆再未工作。这也是晚年,外婆没有退休金的主要原因。没有退休金,是外婆晚年生活中很大的遗憾。

60年代,外婆每天早晨4点多起床,步行近一个小时去嘉陵厂附近的双碑买菜。家里人上班和上学前,她要赶回家,做好饭,再帮着永芬姨妈带小孩。那个时候,外公、永芬姨妈、姨父三个人上班,与厂里的平均水平比,家里的生活水平算中等偏上。

外公独自在山东的那五年

外公在山东的日子分成两个阶段。第一个阶段:1966—1971年,外公一个人在山东度过了5年时光。第二个阶段:1971—1983年,外婆去山东,外公外婆在山东共同生活了12年。

60年代中期,嘉陵厂前往民丰厂支援三线建设的有二十多家人,舅舅记得其中有两个张家、刘家（我爷爷一家）、谭家、李家、代家（两兄弟娶了另外一家两姊妹，传为佳话）和江苏人周家。当时，绝大部分家庭都是全家迁移，我爷爷就是一家七口人全部前往。外公最初则是一个人去的。

舅舅依稀记得，当时嘉陵厂和民丰厂都曾向外公做过承诺，先去民丰厂工作几年，等民丰厂工作进入正轨后，就把外公调回重庆。另外，嘉陵厂方面也曾向外公承诺，就算没有办法调回来，也可以在退休后把户口迁回重庆。另外，因为永芬姨妈和姨父已经在嘉陵厂工作，不会跟着外公去那么远的地方，同时，家里的其他孩子都在念书，还没有工作，考虑到山东的教育条件和就业条件，外公决定一个人先去。这一去，外公就一个人在山东待了整整五年。

那五年里，每年春节，外公都从山东回重庆探亲。那是一家人最欢乐的时候，因为外公总能带回大量平时很难买到的东西。

第一样是猪油。外公会把加热冷却了的猪油倒进猪尿包中，每个猪尿包至少能装3—6斤猪油。每年春节，外公能背回十来个猪尿包。当年在重庆，每人每月定量供应2—3两菜油。这些猪油，比一家十口人一年的菜油供应量还多！

第二样是花生米，这是山东的特产。我小时候，外公每顿饭都要喝上一小杯白酒，配上几颗油酥花生，数十年未变。直到人生最后十年，因为前列腺炎的缘故，外公才放弃喝酒。外公最爱喝泸州老窖，平时，我不喝酒，但家中一定会常年备着泸州老窖，以招待挚友亲朋。

第三样是冰糖。大坨大坨的冰糖，够一家人整整吃一年。

从沂蒙山深处的民丰厂回到重庆歌乐山脚下的嘉陵厂，外公得先坐近十个小时的汽车到济南，再从济南坐一天的火车到北京，然后从北京坐几天几夜的火车到重庆。抵达重庆，从菜园坝火车站到嘉陵厂，还有一段不短的路程。年近60岁的外公，靠着一双肩膀，硬是把近两百斤重的物资，从山东背回了重庆。

2013年夏天，我曾回到民丰厂旧址，在那儿待了整整一天。那天，和

聚丰园路是一条快乐的街道

当地的大爷们聊天,聊到民丰厂建厂初期的情况。大爷们告诉我,民丰厂建厂之初,工人们没地方住,开始的时候还可以借宿在当地老乡家中,后来,人越来越多,老乡家住不下了,就只能借住在猪窝和各种能住人的地方。再后来,厂里盖了瓦房,还因地制宜地盖了石头房子,工人们才勉强有了住的地方。老乡们说,刚开始那几年,工人们可怜得很,只有粮食没有菜,粮食也常常不够吃。有些工人家里有几个孩子,一家人根本吃不饱,甚至还发生过非常惨痛的事情。

这么多年过去了,直到今天,舅舅还觉得外公一个人在山东那几年,生活条件要比重庆好很多。外公在世的时候,从来没有和我们提过他当年是怎么弄到那么多的猪油、花生和冰糖,这一切成了永远的谜。在那个物资匮乏的年代,在那个闭塞的大山沟,那五年,为了这些猪油、花生和冰糖,外公到底吃了多少苦?

外公的工资,十年没涨

1966年,外公从嘉陵厂调到民丰厂,标准工资81元,这个标准一直持续到1975年外公退休。外公在民丰厂工作了整整九年,没有涨过一次工资。退休的时候,按照81元工资的75%领取退休金。外公于2010年去世,去世前,退休金刚刚超过2 000元。

外公在民丰厂工作的九年间,曾有过两次涨工资的机会,都被他让给了同事。其中一次,外公把涨工资的机会让给和他一起工作的、来自青岛的于老头。民丰厂的工人主要来自重庆嘉陵厂、青岛济南的地方企业和蒙阴县本地招工。

外公和于老头虽然都是二级工,但是从收入上说,国有企业(嘉陵厂)和地方企业(青岛的工厂)有差别,地区之间也有差别,外公的工资要比于老头略多一些。那次涨工资,论年限,论资历,外公完全没问题,但是好心肠的外公觉得于老头工资比他低、生活比他困难,就把难得的涨工资的机会让给了于老头。

外公从山东带回来的猪肉和花生换回继伟表哥的一只胳膊

1968年，永芬姨妈的第三个孩子——继伟表哥出生。继伟表哥出生后，声嘶力竭、没日没夜地哭了整整两天。刚开始，大家没在意，哪个小娃娃生下来不哭呢？继伟表哥不间断地哭了两天后，外婆慌了神，感觉肯定有事，抱着继伟表哥就去了嘉陵厂医院。

医生检查后发现，继伟表哥的一只胳膊在接生时被硬生生折断，肌肉组织已经部分坏死，开始变绿，嘉陵厂医院给的方案是立即截肢。外婆没同意，抱着继伟表哥回了家。幸运的是，永芬姨妈的一个同事会点按摩接骨之术，自告奋勇要来试试手艺。看过继伟表哥后，姨妈的同事说，他治不了，也许他的师傅能治。师傅家住距离嘉陵厂大约20公里的大坪。外婆急忙跑到大坪，把师傅请到嘉陵厂来。师傅确实是能人，第一次用药之后，情况就有明显好转。当时交通不方便，前三天，师傅每天来一次，上药、换药、按摩。慢慢的，情况比较稳定了，师傅就每个星期来一次，师傅的徒弟每天来一次。

小时候，我曾听外婆说过，师傅每次来，外婆都好菜好饭地招待。外公从山东带回的香肠、腊肉、花生，都被用来招待师傅。外婆说，继伟表哥的那只胳膊，完全是外公从山东背回重庆的猪肉和花生换回来的。

继伟表哥的胳膊接合得非常好，没有任何后遗症。1971年，外婆离开重庆去山东前，带着继伟表哥，特意去了大坪，向师傅辞行，送了当时很贵的卡其布、花生米做礼物。不知道好心的师傅现在还在世吗？

外婆和妈妈去山东

我的妈妈是重庆八中高67级学生，舅舅是重庆三十二中初67级学

生。1966年"文化大革命"开始,全国大中小学停学闹革命。1968年12月,毛主席下达"知识青年到农村去,接受贫下中农的再教育,很有必要"的指示,上山下乡运动大规模展开,1968年当年在校的初中和高中生(1966、1967、1968年三届学生,后来被称为"老三届"),全部前往农村。1968年初开始,嘉陵厂、居委会、街道办不断派人来外婆家里做工作,动员妈妈和舅舅下乡。

妈妈不愿下乡,她的理由是外公已经支援三线,调到山东去了,家里人早晚都要跟着去山东。刚开始的时候,街道办和厂里来做工作的人,态度还比较和蔼,后来日趋强硬,坚持说去山东之前还是要下乡的,不能以去山东为借口。

妈妈不下乡,在重庆也没有办法就业,家里天天有人登门做工作,长久下去不是个办法。于是,远在山东的外公向民丰厂提出申请,希望解决妈妈的就业问题。厂里回复说必须家属一起来,才可以解决。

外婆来自农村,深知农村苦,农村的女人更苦,她也不愿意妈妈下乡。1971年,经过慎重考虑,外婆决定和妈妈一起,前往山东,与外公会合。妈妈的姐姐永芬姨妈自60年代末开始生病,到了1971年,病情严重,没有精力照顾三个小孩。所以,外婆决定带上继伟表哥一起去山东。

在外婆决定去山东之前,舅舅在同学们的撺掇下,前往四川达县的大巴山区下乡。后来,舅舅通过招工进了重庆远郊的一个三线兵工厂。90年代末期,舅舅所在的工厂转制搬迁,全厂搬到成都。那时,跟舅舅一起生活的外公外婆再度踏上搬迁之路,以至于外公外婆2010年去世后,都安葬在成都。

永芬姨妈的去世

外婆去山东后,永芬姨妈心情越发不好,病情日益加剧,于当年10月去世。舅舅告诉我,他在大巴山里收到姨父寄来的信时,永芬姨妈已经去世一个多月了。姨父知道舅舅赶不回来,也就没有发电报。舅舅和我讲述这段往事的时候,语气很平静。

在那个动荡的岁月中,一个刚满20岁的年轻人在远离城市、温饱难继的生活中苦熬,突然收到来自家里的信,看到这样的噩耗,其悲其苦,谁人能察?

永芬姨妈是特别孝顺的人,对外公外婆好,对兄弟姊妹也特别爱护。在外公外婆的计划中,原本打算退休后,回到嘉陵厂,跟着永芬姨妈一起安度晚年。没想到,永芬

刘蓉姐姐、晓莉姐姐和继伟表哥在山东

外婆和继伟表哥

姨妈先行离去,白发人送黑发人,其中悲痛,局外人难以体会。

永芬姨妈去世那会儿,姨父正处在提拔中干的关键时期,整天忙得要命,根本照顾不了孩子们。于是,1972年春节前,姨父将另外两个大一点的孩子——刘蓉表姐(1963年出生)、晓莉表姐(1968年出生)一起送到山东外公外婆家里。

1975年,刘蓉表姐、晓莉表姐返回重庆。1976年,继伟表哥也回到重庆。回忆起这段岁月,刘蓉表姐说:"不堪回首的童年印记,在心灵深处烙下永久伤痕。好在有外公外婆的照料,有舅舅和姨妈们的关爱,让我们三姐弟从最无助、最伤心的那个年代艰难地走过来。"

妈妈的爱情

妈妈到了山东后,通过招工,进入筹建中的莱芜钢铁厂,后来认识了在民丰厂工作的爸爸。爸爸一家也是60年代中期,从嘉陵厂去民丰厂支持三线建设。爸爸和妈妈结婚后,妈妈通过调动来到民丰厂。

当时,民丰厂四川家庭的孩子们的婚姻,有的选择四川人之间通婚,有的选择了和山东人结婚。很多年以后,四川人家庭大多回到重庆,而和山东人结婚的四川人基本上都留在了山东。

我出生于1974年,在民丰厂,由外公外婆带大。在家里,我和外公外婆、爸爸妈妈讲四川话。一出家门,自动切换成山东话。1976年,妹妹出生。

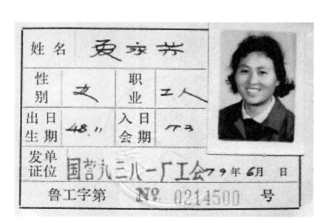

妈妈的工作证

14 大时代洪流下的一艘小船：一个家庭的小三线变迁史

1981年，我在民丰厂的子弟学校念小学。记得很清楚的是，小学一年级，自己带着板凳上学。冬天，教室前面有个烧水的炉子，既能烧水，也能取暖。我从家里带来的苹果放到炉子上烤着吃，苹果的焦煳香味瞬间弥漫整个教室。教室后面的墙角堆着干草，那是秋天，老师带着我们在学校后面的山坡上收集来的。

在山东那会儿，我在班里近40个小朋友中，成绩排名中等。当时的语文老师姓夏、数学老师姓张。

我们一家人

我永远是妈妈手心里的小娃娃

全家回重庆

爸爸妈妈的童年和青春时代在重庆嘉陵厂度过，歌乐山、嘉陵江，是爸爸妈妈永远的眷恋，爸爸妈妈一直努力地寻找各种机会，希望能重回重庆。

机会终于来了。80年代初，代家叔叔先行调动回到距离重庆市区50公里的重庆西南铝加工厂（三线建设期间成长起来的大型国企）。作为三线建设大厂，西南铝加工厂有很多来自山东的家庭，他们也在寻找回到山东的途径。在代家叔叔的居中牵线下，经过各种周折，爸爸妈妈和重庆西南铝加工厂的一家山东人对调成功。1983年，爸爸妈妈终于可

聚丰园路是一条快乐的街道

外公的退休证

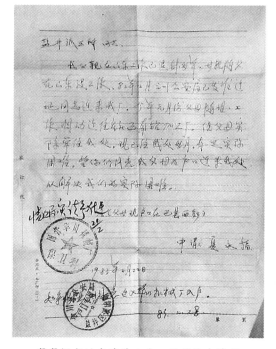

舅舅提交的申请外公户口迁移的申请书

以重返重庆了。

1983年,外公70岁,退休8年,来山东已经17年。那年,外公的三个子女中,永明姨妈在远离民丰厂百公里之外的红旗厂工作,嫁给了济南人张叔叔。舅舅在重庆远郊的一个国营兵工厂工作,为了将外公的户口迁回重庆,他努力了好几年。当我爸爸妈妈可以重返重庆的时候,全家决定,不管户口怎么样,外公外婆必须一起走。

1983年春节,我们一家回到重庆,外公外婆的户口也跟着从山东调回舅舅所在的工厂。

回到重庆后,我们一家开始了完全崭新的生活。在西南铝加工厂的子弟小学,我遇到改变我一生的恩师——周亚婕老师。在周老师的帮助下,我的成绩进步很快,成了班里成绩排名靠前的学生,并且当上学生干部。小学、中学,然后顺利考上大学,接着就是硕士、博士,一路顺利。

回到重庆后,直到爸爸妈妈退休,我们所在的工厂除了少数几年有一些波动外,大部分时候都发展得非常好,我们一家的生活也风平浪静。而同期,山东民丰机械厂自80年代中期开始,效益迅速下滑,一度发展到工人的工资都无法按时发放。后来,工厂搬迁到临沂市区。搬迁后,全厂大伤元气,几经变化,后来以倒闭收场。民丰厂的小学同学们,在成长过程中,经历了工厂从盛到衰乃至倒闭的全过程,这不可避免地影响了他们的学业和生活。

2010年春节,我们全家一起给外婆庆祝90岁寿诞。没想到也就在那一年,外公外婆相继离世。

现在,我爸爸妈妈已经退休,住在重庆市区,平时的主要任务就是给妹妹带小孩。我现在是上海大学的副教授,妹妹则是成都一所大学的

2010年春节期间外婆90寿诞全家福

副教授。

永芬姨妈一家的三个孩子都生活在重庆。刘蓉表姐现在是一家医院的副院长,她的丈夫是西南大学的教授,他们的儿子在悉尼大学攻读博士学位。晓莉表姐和她的先生在嘉陵厂工作,现在已经办理退休。继伟表哥和夫人在经营自己的商业。

舅舅一家所在的兵工厂后来整体搬迁到成都,外公外婆跟着舅舅一起去了成都。舅舅舅妈现在已经退休,舅舅的儿子现在在一家通信企业担任高管。

2015年春节全家聚会

第一排左起:继伟表哥的岳母、我的妈妈、妹妹的女儿、我的爸爸、大姨父(永芬姨妈)
第二排左起:晓莉表姐、我的妹妹、刘蓉表姐、继伟表哥的儿子、继伟表哥的妻子、璐璐(小姨的女儿)、刘蓉表姐的丈夫
第三排左起:晓莉表姐的丈夫、我、继伟表哥、璐璐的丈夫

随着工厂搬迁，小姨一家去了潍坊。小姨一家有两个孩子，老大是个儿子，从事石油相关领域的工作，老二是闺女，从事导游工作。

每年春节，我们一大家子人总会凑到一起，吃顿团圆饭。继伟表哥说："外公外婆虽然不在了，我们的家不能散。"

2013年，我在离开民丰厂30年后，回到民丰厂，当年的工厂已成废墟。站在外公外婆家的院子里，泪眼婆娑中，我仿佛看到戴着帽子穿着工作服的外公在鸡圈边的空地上，手执剪刀，弯腰拾掇西红柿架子。屋里的外婆端着冒着热气的馒头和小米粥走出来，唤我们吃饭。屋里的小矮桌上，摆着一瓶外公爱喝的白酒，旁边还有一碟外公每顿都吃的炒花生米……

2016年春节全家聚会

聚丰园路是一条快乐的街道

外公外婆当年就住在这栋楼的一楼

15 | 90后小伙子去智利打天下

沈非凡,出生于1994年,2016年毕业于上海大学管理学院工商管理系人力资源管理专业。在上海工作一年后,2017年4月,非凡前往智利,进入家族企业工作。2017年9月,我对非凡作了采访。非凡的经历,是敢打敢拼的浙商的缩影。

非凡的家庭背景　原生家庭的影响无处不在

我:非凡,你是浙江人?

沈非凡:是的。我是萧山人,不知道刘老师有没有听说过这个小城市?

我:我知道,靠近杭州,钱塘江边,有机场。

沈非凡:是的,萧山机场离我家不远。萧山从文化上更倾向于绍兴,我们讲的其实就是绍兴话。我爸妈当年是萧山这一片最早一批去绍兴柯桥(中国轻纺之都)做纺织品生意的人,可以说是"第一批吃螃蟹的人"。后来,他们因为经营不善,欠了债务,从柯桥落寞地离开。随后的几年,我父母以开出租车为生。我小时候,过过好日子,也体会过贫穷的滋味,所

聚丰园路是一条快乐的街道

2016年沈非凡的毕业照

以,我从来不舍得乱花钱。

我:你爸爸妈妈的生意曾经做得非常好?

沈非凡:不能说有多大规模,但确实是最早抢得先机的。

我:你爸爸妈妈后来是一直开出租车,还是又重新做生意了?

沈非凡:我上初中的时候,我父母认识了他们现在的老板吕先生。吕先生是新加坡华人,他想在柯桥开公司,苦于找不到人替他经营。当时他来中国,常坐我爸爸的出租车,因为我爸爸车开得又快又稳,坐的次数多了,聊的多了,他听说我爸爸妈妈之前在柯桥做过生意,就提议他出钱出力,我父母帮他经营。我们家就这样又起来了。

我:哇,这么传奇。

沈非凡:可不是我吹,靠着吕先生的资源、我爸爸的聪明和我妈妈的稳重,公司业绩短短几年就排到了柯桥所有外资公司的前几名,当年还在政府举办的会议上受到过表扬呢。

我:他们现在还合作吗?

沈非凡:当然了。现在我父亲就在印度尼西亚和吕先生一起经营橡胶生意。

我:那妈妈呢?

沈非凡:几年前我妈妈和爸爸赌气,回了萧山老家。他们两个离婚了。我现在跟着妈妈住,因为她身体不好,我想照顾她。唉……所以,您知道我为什么不去柯桥了。另外,这两年,柯桥的生意越来越难做。现在,不管外贸还是内销,欠货款不还的情况太多了。宁波、南通以及埃及、伊朗,都有客户没有还钱,我们家也欠着上游供应商的钱。有些欠款只能通过打官司索要。因为生意不好做,我父亲才决定出国帮助吕先生经营橡胶生意。现在,涌入柯桥的淘金客太多了,这就是中国商人,哪里有机会,成群结队地扑上去,一片"蓝海"瞬间变"红海"。

我:所以,你对柯桥的生意完全没有兴趣?

沈非凡:是的。一来,柯桥的生意没有以前那么容易赚钱了;二来,我一直不喜欢传统行业,所以,毕业之后,我就选择了留在上海。

我:你爸爸有提议你跟他一起做生意吗?

沈非凡:有的,这也是我离开上海的原因之一。我父亲今年50多岁了,他需要有人来接过他身上的担子。

我:可是你去了智利,不是印度尼西亚?家里就你一个孩子吧?

沈非凡:对的,就我一个孩子。印度尼西亚的橡胶园生意,我父亲也是刚接触,他熟悉的是纺织行业,他也希望我能接管柯桥的公司。至于为什么来智利,主要是因为我叔叔在这里开了公司,我父母希望我跟着他学习,还能多掌握一门新语言。

为什么要离开上海? 上海永远是心里的梦

我:非凡,你毕业后在上海工作了一段时间,是什么原因让你决定离开上海去智利?

沈非凡:大四下半年,我找到一份实习工作,是一家新成立的非营利性社群组织——海天会,创始人是陶闯先生(PPTV前CEO,现知卓资本创始人)。海天会成立的目的就是联合上海地区的天使投资人及投资机构,"抱团取暖",共同寻找好项目,共同投资。在那里,我遇到了我的"老

非凡和好朋友在一起

大"。她对我不错,愿意教我,对我推心置腹,所以我认定她,跟着她换了两份工作。一份是在一家线上众创空间租赁平台,另一份也就是我的上一份工作,是在张江英特尔联合众创空间。毕业那年,我选择留在上海,是为了心中的一个梦想:我的爷爷奶奶是老实巴交的农民,我的父母靠自己打拼,从农村走进城市,那么,我就应该接过他们手中的接力棒,从小城市扎根到大城市,然后让我的子女出国!没想到自己先一步来了国外,哈哈!

我:既然上海是你心中的梦想,为什么又选择离开?

沈非凡:我很喜欢上海,就像"知乎"上说的,出门不用带钱包;长途有地铁,短途有共享单车;街上有24小时营业的便利店;治安好,半夜出门不用怕……我也曾经短暂地被这些便利条件吸引,以为上海就是我的归宿。

我:以为是归宿?

沈非凡:人生三大错觉,怎么说来着?"上海户口只是时间问题"、"我能彻底融入这座城市"、"上海的房子,我是买得起的"。我的父母,说到底并不是自己当老板。我们沈家的风格,就是老实做人,规矩做事。这里插一句,以前我爷爷当兵回来,在镇里当上了厂长。那时候的厂长可吃香了,但是我爷爷不喜欢官场上那套,不收礼也不送礼,后来就回家务农了。虽然我父亲的老板人在国外,不怎么管国内的生意,但我父母从来不做不规矩的事。因此，充其量，我家只能算是普通中产阶级，没有太多的财富。而2015年到2017年，也就是我毕业这两年，上海房价涨了多少，您是知道的。

　　我：又是房子问题？

　　沈非凡：我不想把我全家祖孙三代的财富，押在一套房子上。我们在老家给爷爷奶奶盖了一幢房子，自己买了套独栋别墅，还有两辆车。可是，所有花掉的钱加在一起，还不够在上海中环附近买套房子。如果买大一点，甚至连首付都不够。

　　我：在上海工作这一年的体验，就只和房子有关吗？

　　沈非凡：我的观点有点负能量，我怕说出来刘老师不认同。

　　我：不会不会。每个人的感受都是他自己最真实的体验，而每一个真实的体验都值得尊重。

　　沈非凡：我觉得，在上海工作和在小城市里工作，本质上并没有什么不同。

　　我：为什么？

　　沈非凡：在上海，表面上看，你生活在一个各方面都很优秀的环境中。手机上装满了各种APP，购物、海淘、直播、社交；身边有星巴克，有Mobike，有各种各样小城市没有的新玩艺；公司有各种各样的福利待遇，能接触到各种牛人……这一切都在传达一种正向的信号：你和你家乡的人不一样，你跳出来了。

　　我：请继续。

　　沈非凡：其实我觉得并没什么区别。上海这么多公司，这么多的年轻人，最后跳出来创业的人有多少？成功的人有多少？绝大多数的人不过是在相同的岗位上，换几家公司，做着相同的事情，等到年纪大了，精力不济，被一脚踢开。

　　我：非凡，你太悲观了。

　　沈非凡：我有时候在想，很多生活在上海的人，特别是买了房的人，

聚丰园路是一条快乐的街道

都被生活裹挟着前进。我身在创投圈,见过不少创业者卖房创业,但是有几个人最后能成功呢?那些失败者的下场有多悲惨,您知道么?妻离子散不为过啊。我认识的两个人,卖了房子创业,后来钱烧没了,背着一屁股债,找了份稳定的工作,慢慢还债,和我父母一样。我父母当年开出租车的时候,多辛苦啊,现在想来还会鼻子发酸。

我:所以,你看到这些,就觉得没有未来了?

沈非凡:我相信自己有未来,但是家人等不了。

我:为什么等不了?你父母也就50多岁,不算老。

沈非凡:现在生意难做,我父亲想在印度尼西亚拼一拼。国内的生意基本停滞,家里没有什么经济来源了。留在上海,可以预想到在相当长一段时间内,我恐怕没有经济能力给予我的家人更好的生活,反而还要他们为房子的首付买单。而在智利赚钱,比在国内容易得多。

我:所以,你挣钱的愿望特别迫切?

沈非凡:是的。很多时候,不是我看得不够远,而是确实没有办法。

我:智利容易赚钱的认知,来自叔叔吗?

沈非凡:我父母一直不支持我在上海工作,他们认为打工没前途,这就是萧山人的价值观,自己当老板永远比打工好。正好叔叔的智利公司缺人,过年的饭桌上谈起来,就直接拍板决定了。您能想象,年三十晚上,爸爸、妈妈、爷爷、奶奶四个人围着你劝说的场景吗?

我:扛不住呀?

沈非凡:我没扛住。刘老师,您会不会觉得我意志不够坚定?

我:谁又能跑得出自己原生家庭的影响呢?无论是你,还是我,以及身边的人们,大家谁也跑不出历史的轨迹。哪怕从表面上看,我们走了和原生家庭完全相反的道路,但那是不是也可以理解为原生家庭以另一种更加强大且隐性的力量影响我们呢?

我:叔叔是你爸爸的弟弟?

沈非凡:是我妈妈的表哥,我的曾祖父是他的爷爷,其实有点远了。

我：还好还好，不算远。我特别喜欢大家庭之间的和睦关系和互相帮助，这才是家呀！很多家庭早已割断和故乡家族的关系，实在太可惜了。

沈非凡：我叔叔是我们整个大家族中最成功的一位，很多年前就已经身家过亿。他给予亲戚们很多帮助，所以，我父母才会放心把我交给他。

非凡和爸爸妈妈在毕业典礼上

在智利的日子　拥抱变化的岁月

我：什么时候去智利的呢？

沈非凡：2017年4月就来了。现在还在学习语言、熟悉行业的过程中。这两天（2017年9月）正好是智利国庆节放假。和您说说智利的情况吧。

我：好呀！

聚丰园路是一条快乐的街道

智利的服装批发商店

沈非凡：这里的中国人，实在是太多了！

我：这么一个狭长小国，还有那么多中国人？

沈非凡：您来火车站这边转一圈，有一大半的商店是中国人开的。抬头看一家店，乍一看是英文，再一看，不对呀，中文拼音！哈哈！

我：你在学习什么行业？叔叔是做什么的？

沈非凡：女装和童装。

我：智利是个什么样的国家？安全吗？

沈非凡：既安全，也不安全。和欧美国家一样，贫民区和富人区就是两个世界。

我：你在哪个区域？

沈非凡：我在火车站附近，算是老城区，东区才是富人区。

我：自己住？

沈非凡：和同事一起，我们租了一间商品房。

我：已经上班了？

沈非凡：在店里做类似售货员的工作，我还不太能听懂西班牙语，所以不能出去跑业务。

我：生意好做吗？

沈非凡：不要小看我们哦，前几年中国人没这么多的时候，我们运过来的衣服，毛利率高达100%！我们的商品，您知道的，以价格低廉的小商品和服装为主。智利的工业不发达，极度依赖进口。中国商品的成本优

智利的街头

势非常明显,所以,来智利做生意的中国人非常多。

我:这么远,还能挣钱,了不得!

沈非凡:今年,智利整体经济不行,我们公司的生意也比前几年差了很多。不少中国人的店,已经入不敷出开不下去了。总的来说,现在已经不是遍地黄金的时代了。

我:叔叔的公司规模大吗?

沈非凡:我来之前,叔叔有三四家店面,现在整合成一家了。中国人来这边主要做的是批发生意,实体店只是展示商品的地方,店面的数量不能决定赚钱多少。今年整体可能缩水30%—50%,具体数据,我不太好问。我叔叔的年纪大了,六十几岁的人,也不想折腾了,他有意想让我接管这家店。

聚丰园路是一条快乐的街道

我：叔叔没有自己的孩子吗？

沈非凡：有的。他在国内有两个厂，比智利的生意大多了。国内的两个厂现在就交给他儿子和女婿在管。

我：所以，智利的生意打算交给你。你打算接手吗？

沈非凡：我有这个打算，但是目前还有困难。一来，我还没学好语言；二来，说实话，我还没真正融入这个行业里面。这里不像国内，国内是信息社会，流动着各种各样的信息，我们这一代人已经习惯通过搜索引擎获取知识。在这里，不会有人主动和你分享信息，因为大家都是竞争者。这里的关系就是这么简单，只能靠自己摸索着前进。叔叔的主要精力放在国内，他一年来智利三次，每次待个十天半个月就走人了。

我：所以你现在在拼命学语言？

沈非凡：对的，一大早起床，就在学习语言。

我：叔叔不在，谁负责生意呢？

沈非凡：有一对母子，他们在这边工作了很多年，现在店里店外都是他们在管。同时，还有几个从委内瑞拉和其他国家逃难来的外国雇员。

我：你的压力大吗？

沈非凡：挺大的。

我：公司给你付薪水吗？

沈非凡：付薪水的，但是并不高，一年就六七万元左右，平时的吃住都是公司负责。明面上的工资是上海高，但除去房租等大头之后，我那些同学每年应该剩不下多少钱了。帮我叔叔打理公司的母子俩，计划明年回国，在这期间，我要学好语言，学会怎么做生意，到时候才能接下这副担子。

我：相当不容易呀。你准备在智利干多久？

沈非凡：我想长期驻扎在这里。我家不少亲戚都在这里，也有在南非的，都是一待就很多年，他们都在国外生活十几年了。

我：好男儿志在四方。智利的电子商务发达吗？

沈非凡：不发达，和中国没得比。购物很不方便，大部分商品依赖进口。

我：这种信息不发达国家，同样存在很多机会。把眼光放长远，上一代人做衣服，也许你可以把软件、电子商务、移动互联网平台、还有游戏，卖给智利。

沈非凡：我最近正在考虑，或许可以卖电子产品，中国在这方面的优势也很大。一切的前提是学好语言，我现在用BBC的软件学习西班牙语，英语和西班牙语都不能拉下。

我：好好和国内保持信息沟通，信息差距、语言鸿沟就是大机会。

沈非凡：好的！我现在仍然保持每天看公众号，刷"知乎"和"今日"的习惯。

我：视野放远大，一定要做和上一代人不同的生意，一定要发挥中国人的智力优势，而不是劳动力优势，做成智利最大的游戏平台、移动电商平台、或者批发平台，都未可知。

沈非凡：我记住了，刘老师。

我：祝你成功！

沈非凡：我也希望有一天能回到上海，去刘老师的课堂上做客。到时候，您可以指着我，对学弟学妹们说，你们看，这是你们的学长，他迷茫过，逃避过，但他后来成功了！

我：非凡，好好干，希望能听到你的好消息。

2017年12月30日，非凡发来微信：

"刘老师，过去两个月是旺季，一个休息日都没有，一周工作七天，日常娱乐休闲基本为零。西班牙语仍然在艰难学习中，智利西语和传统西语差别太大了。刘老师，您可以想象一下没有普通话基础的人，拿着普通话教材学上海话的情形吗？目前，在业务上，我已经可以和智利人交流了。"

16 | 2017年，我走遍半个中国，卖了100万个苹果

李林满，1992年3月出生，上海大学外国语学院2011级本科生，自称"新知青小满"。大学期间开始创业。他在全国各地寻找优质水果，通过电子商务的方式，销售水果。

对他的水果生意，我最初颇为不解。就在我家小区的大门外，聚丰园路东段，不到1公里的距离内，就有四家水果店，其中的"百果园"、"鲜丰水果"，都是规模很大的全国知名连锁品牌。我不理解，像小满这样满世界到处找的水果，和我在"百果园"买到的水果，到底有什么不同。

直到2017年冬天，小满给我寄来一箱新疆阿克苏的冰糖心苹果后，我终于明白，小满为什么要全国各地到处跑了。小满寄来的苹果实在太好吃了，是我这辈子吃过的最甜、最好吃的苹果，比"百果园"以及聚丰园路上所有水果店的苹果，都不知道要好吃多少倍。整个冬天，我一直在买他的苹果。

以下为小满的自述：

美国有一个电台节目叫 *This I Believe*，每期节目都会邀请各行各业的

人士来讲他们一生所秉持的坚定信念。我非常喜欢这个节目，也很喜欢 This I Believe 这个简短而有力的英语短语，常常一遍又一遍地默念，在我的心中，也有这样一个坚定的信念支持着我。

2017年是我艰难创业出现转机的一年。今天，我就和大家聊聊让我从迷茫黑暗中走出来的信念——认真用心地去做一件事，终将有所回报。

我的创业项目始于2015年，那一年是很多生鲜O2O企业的元年。众多拿到风投的生鲜项目如雨后春笋般遍地生长，一夜间，各种补贴卖水果、外卖都来了。

我也是在这一年开始躁动起来的，我们打算从浦东起步，做社区团购水果生意。但是，团队组建不到两个月就解散了，因为拿到风投的可能性几乎为零。几千元钱的销售额，连我们自己都养活不了。

这时候，我没有泄气。虽然没有拿到风投，也没有实现爆发式增长，但是水果是大众消费品，只要能保证质量，做一个小而美的水果电商完全是可以期待的。

2015年，团队只剩下我一个人了。我采用原产地团购的方式，先预售，然后用大卡车集中运输到上海，再从上海向各地发快递。我团购的第一种水果是福建的蜜橘，预售的时候，大概有四五百个客户，预售了八百多个订单。

能不能让这四五百个客户满意，对我这个生意来说，事关生死存亡。所以，我在果园采购蜜橘的时候，几乎是一棵树一棵树地尝过去，感觉哪一棵树上的橘子口感不错，才采摘哪一棵树。

虽然这一单生意的营业额只有一万多元钱，但我的蜜橘获得了很好的口碑，为下一次销售打下了客户基础。我也从这单生意中坚定了一个信念——认真用心，就能采购到更好的水果，好口感的水果一定能赢得市场。

到了2016年3月，团队还是只有我一个人。这一次做的是公益助农义卖苹果。当时，采购地的苹果价格低到几毛钱一斤，虽然我知道这么低的

小满用测糖仪测量苹果的含糖度

价格,加上爱心助农的助推剂,一定可以在短时间内成为一个小爆款,但我并没有这么做。相反,我在人家收几毛钱一斤的时候,以一元钱一斤去收购最好的苹果。我拿着测糖仪挨家挨户去品尝、去测量,只有糖度高于14度,而且没有任何农药残留的苹果,我才要。

含糖量14度是日本苹果行业协会对最高品质红富士苹果的要求,市面上普通苹果的糖度一般是12—13度左右。正因为如此,我们卖33元一箱的苹果,不仅价格低廉,而且口感比市面上大部分苹果好吃。第一车1 700多箱的苹果发出去后,立马带来3 000多箱的销量。这一次的销售额,跃升到二十多万元。

虽然我一直坚持着要为客户挑选最好吃的水果,但在实际操作中,会发生各种各样的事情,阻碍你实现这个目标。其中有一个插曲是这样的:有一天,工人已经打包了近1 000箱苹果,准备再装700多箱,等到下午,就可以发车了。

这时候,我爬到卡车上,抽查了几箱,拿出几个苹果,测了一下糖度,发现这些苹果的糖度比之前的要低,只有非常红的才能勉强达到14度。经过了解才知道,这家农户有两个苹果园,一个是他自己的苹果园,每年都施有机肥,管理也精细,所以刚开始的时候口感好。另外一片果园是他姐夫家的,姐姐姐夫一家人今年出去打工了,把果园交给他管理。他姐夫家的果园每年都施化肥,所以苹果口味很淡,不甜,没有果香。

再三考虑权衡之后，我命令工人将车上的1 000多箱苹果全部卸下来，重新挑选，然后将挑剩下的苹果全部贱价处理。尽管工人百般不乐意，但是在我的再三坚持下，全部苹果重新开箱，重新挑选包装。

做人做事必须要有自己的原则和标准，当这些重要的原则和标准受到挑战的时候，必须拿出自己的气魄和决心来坚定地捍卫自己的信念。

到了2017年，我开始有了一个创业搭档。我们两人对苹果产生了巨大兴趣，我们开始查阅各种关于苹果的资料，询问种植户关于苹果的各种专业知识。我们发现，苹果是一种在口感和品质上可以产生巨大差异的水果，大有可为。这个判断，基于一个不为人知的行业内幕：目前市场上售卖的苹果，99.9%的都是套袋苹果，而不是十几年前自然生长的苹果。为什么要给苹果套袋呢？因为给苹果套袋，既可以少打农药，节省很多人工成本，又可以让苹果颜色好看，增加商品性。

套袋苹果的生产流程大致如下：每年5月1日前后，在苹果很小的时候，就会被套上一种不透光的牛皮纸袋（有的牛皮纸袋里还会放农药，业界称之为"药袋苹果"）。由于整个生长过程被包在牛皮纸袋里，各种病虫害就侵害不了苹果，这样的苹果比不套袋的苹果要少打五六遍农药。如此，苹果一直在不透光的牛皮纸袋里长到9月底，果农开始将牛皮纸袋脱去。由于整个生长过程中不见阳光，此时的苹果黄里透白，没有一点红色。

刚摘袋的苹果就像从未见过阳光的白嫩小姑娘，在短短的一个多星期的时间里，颜色逐渐泛红，直到彻底红透。

大概到10月10日左右，套袋苹果开始现出诱人的红色，而实际上，苹果至少要到10月23日霜降之后才开始成熟。套袋苹果虽然颜色好看，但是由于采摘过早，口味淡，肉质硬，失去了苹果应有风味和口感。

套袋苹果虽然一直备受争议，却占据着中国99.9%的市场。苹果套袋技术最早由日本农学家发明，20多年前，作为一种先进的农科技术传入中国。如今，苹果套袋技术在它的发明国已经被淘汰。

刚除去牛皮纸袋后的苹果黄里透白

除去牛皮纸袋一个多星期后苹果颜色逐渐泛红

2017年,我和搭档开始开着车在全国各地的苹果产区寻找不套袋的苹果。从安徽出发,到山东、河南、山西、陕西、甘肃,最终,我们在山西,找到一片种植着不套袋苹果的果园。

不套袋苹果虽然外表粗糙,并且颜色暗淡,但是平均糖度都在14度以上,脆甜多汁,果香浓郁。对于年纪大的人来说,重新找回了小时候苹果的味道;对于年轻人来说,重新定义了苹果在他心中的印象。

有了这么好的货源后,我在淘宝上注册了一个销售苹果的网店。从销售苹果的第一天起,我就决心要做一个良心卖家。我们卖的是果径80 mm的大果,很多卖家的做法是拿价格低廉的小苹果混着大苹果欺骗消

位于山西省的"天下苹果第一村"

费者,而我们包装苹果的每一个纸箱上都有一个直径80 mm的洞,只要苹果能从这个洞漏过,我们就退款给客户。

不仅如此,从苹果净重,再到颜色红度、压伤碰伤,我们都制定了详细的售后赔付标准。

我们也是淘宝上唯一一家提出"不满意可以随时退款,来回运费我们承担"的苹果卖家。好产品加上好服务,我们的销量增长得非常快!发货量很快从每天几十箱增长到几百箱。

就在我们销量到达最高点——一天发货800多箱的时候,由于发货量大,挑选打包的工人多达20多人,质量把控开始变得困难。

由于此时团队只有两个人,产品的质量根本兼顾不过来,我决定店铺歇业整顿三天。这三天里,我们给工人重新制定了更加严格的工作要求,并且给每一个工人编号,细化每一个工作细节和奖惩规则。

聚丰园路是一条快乐的街道

不套袋苹果外表虽然粗糙，
但平均糖度都在14度以上

包装苹果纸箱上的温馨提示

就这样，这个果园的10万斤不套袋苹果在一个月里就销售一空，销售额达50多万元。而这时候已经到2017年4月了，再去找更多的不套袋苹果来卖，几乎不可能，只能期盼新一季苹果的到来。

然而，果园老板却不愿意再种植不套袋苹果了，原因很简单，管理复杂，风险太大。在多雨的区域，苹果不套袋非常容易得各种菌病，稍不注意，就有可能大面积传染，导致绝收。只有在干旱少雨的地方，苹果即使不套袋不打药，病虫害也非常少。

而全国哪里最干旱少雨呢？新疆！新疆有苹果吗？有！说走就走，于是，我们再次踏上寻找不套袋苹果的漫漫长路。从北疆到南疆，从阿克苏到喀什，我们开着车，几乎走遍新疆每一个产苹果的县和兵团。

最让我们惊喜的是，新疆的苹果大部分都不套袋，只有苹果树底下光照不好、很难红起来的苹果，果农才会套袋。

每到一地，我们都会仔细考察苹果园的种植管理水平，然后再将苹果带回去检测、比对。从甜度到酸度，再到硬度、水分、化渣，以及地头收购价，一一进行综合比对。

最后，我们终于找到最好吃的苹果产地——新疆阿克苏的红旗坡农场，其中又以红旗坡五队、六队那些生长在向阳坡地上，用天山雪水灌溉的10—15年的果树结出的苹果最佳。

性价比最高的苹果在天山脚下的共青团农场,虽然名气不如红旗坡的苹果大,但品质相差不大,收购价格却实惠不少。最终,我们决定将合作基地选在这两个地方。

11月1日,就在内地套袋苹果已经摘完半个多月之后,我们的新疆苹果经过三次打霜,由于极大的昼夜温差,在苹果内部已经形成了蜂蜜一样的糖结晶,这也预示着我们的苹果终于可以开始采摘了!

随手切了五个苹果,个个冰糖心,个个晶莹剔透!如此美丽的苹果叫人怎么能不爱!

小满正在检测、比对各种苹果的甜度、水分等

这是我们第一车发往内地的苹果。最早,我卖助农苹果的时候用的是6.8米的卡车,后来我卖山西不套袋苹果的时候用9.6米的卡车,现在我们用17米的大平板车,而且一拉就是满满的8大卡车。

2017年的最后几个月里,我们的淘宝店跟当初一样火爆,而且我们一度成为淘宝上卖苹果的店铺中流量最大的店铺,并且在苹果销售价最贵的店铺里,我们一直是销量最大的店铺。

2017年,当很多拿到风投的生鲜电商纷纷倒闭时,我的淘宝店的销售额是170多万元,微店20多万元,合计200多万元。再算了算,加上各种次果,我们总共卖了60多万斤苹果,也就是100万个苹果。

这就是我的2017年,为了找苹果走了大半个中国,然后卖了100万个苹果,赚了人生的第一勺金。

聚丰园路是一条快乐的街道

维吾尔族小姑娘在帮忙摘苹果

采摘之后的挑选和装箱

当人生熬过某个极端艰难和黑暗的阶段，我终于向自己和身边的人证明：我当初所坚定的信念没有错！就是因为坚定地相信我所相信的，所以才能有今天。This I Believe 不是一句空话，它是一个信念，它是一种力量，它是你想做一件需要付出很多努力和艰辛的事情时，需要的动力之源。

这个世界上，从来没有谁能随随便便成功。朋友们，希望你们有自己的信念，有自己的追求，在最艰难的时候，也能对自己说：This I Believe!

发往内地的第一车苹果

三言两语的题外话

罗逸　正如不套袋的苹果，生命自有其法。

木木　在刘老师的"创业人生"课堂上，面对面地听小满学长分享创业经验，我很勇敢、很执着地高高举手6次，准备提问，可是一直没被叫到。刘老师的一句："最后，给这个女生一个机会吧。"让我感觉太幸福太感动了！另外，今天课上，刘老师带着我们一起玩冲顶大会，激动得从脖子红到脸颊！谢谢刘老师让我变得勇敢、坚定，谢谢小满学长给了我们很多启迪和告诫。最后一个大大的拥抱，给刘老师的"创业人生"，给小满学长！

刘星辰　来自新疆的我，对新疆的苹果产生了深深的自豪感。就像上课时一个学长说的一样，新疆的水果真的很便宜，按公斤卖，不像上海按斤卖，贵还不甜。我们也曾考虑过将新疆的水果带到上海来卖，但想法也就一闪而过。看到小满学长把新疆的水果卖到全国各地，真的很开心~希望公司生意越来越好~欢迎大家去新疆玩呀！

姜路鸣　我的家乡就是新疆阿克苏，在遥远的上海大学，能看到阿克苏红富士苹果，感觉十分亲切。阿克苏红富士苹果确实是阿克苏红旗坡致富的一把金钥匙，很多人都会去那寻找创业的机会。但是只有像小满学长这样极少数的人，才能真正创业成功。他那认真严谨却又不失灵活的想法，值得我们学习与深思。

聚丰园路是一条快乐的街道

三言两语的题外话

张铭铭

今天去看了一部电影——《神秘巨星》，电影里的女孩通过网络，将她的歌声带给全世界。看这部电影的时候，又是哭又是笑。这是最好的时代，借用电影中的话，大意是像你这样才华横溢的小朋友，就像汽水里的泡泡，会靠自己的力量，慢慢升起，没有任何事情可以阻止你。互联网让这个升起的过程，变得不再那么艰难，让有才华的人理所当然地受人仰慕。今天，听小满学长分享了他的创业经历。苹果有它生存的方法，学长也有他成功的道理。

熊猫快点跑

小满学长好！我也是福建人，父母也是农民，经历和你比较像。家里是种香蕉的，香蕉和学长卖的苹果处境很像，香蕉收购价近年来在我家是0.5元一斤，而在小摊和商店卖3元一斤，价格差也很大。家乡种的香蕉外表比较难看，但是比较大而且甜，菲律宾的进口香蕉长相好但味道却相对较差。我特意问过水果店老板，为什么不进本地香蕉，老板答道"卖相差没人买"，这也是很多中国好的水果卖不出好价钱的一个原因吧。

17 | 电子竞技世界冠军来到大学课堂
——当李晓峰成为SKY

"创业人生"是我在上海大学开设的一门广受欢迎的通识课。目前课程已经进行了四个学期,前后邀请了近40位创业者、企业高管、投资人来到课堂,和学生们分享他们的创业和人生经验。2017年10月30日,WCG(世界电子竞技大赛)2005、2006年世界冠军、钛度科技CEO、有"中国电竞第一人"之称的SKY李晓峰来到课堂。当天的教室中,因为来了很多同学旁听,许多人只能席地而坐。SKY李晓峰的爸爸坐在教室的后面,静静地听完一堂课。

刘寅斌主题发言:

当我在课程微信群中发出SKY要来给大家上课的消息后,马上有同学发私信告诉我,刘老师你不要再发了,太讨厌了。我问,为什么呀?她说,刘老师,悄悄地发呀!我说,发都发了,怎么悄悄呀?

她说,我们群里全在刷屏啊,讨厌死了。她接着问,刘老师,能撤销消息吗?我告诉她,来不急了呀!她说,老师,以后请SKY这样的人的时候,不要发微信,告诉我一个人就行了。

(全班同学哄堂大笑……)

聚丰园路是一条快乐的街道

上课前，我一直很担心，今天会乱成什么样子？还好，大家看上去还很平和，虽然很多同学只能坐在地毯上，总还是能有地方坐，比我想象的要好很多。

请SKY来的时候，我一直在想一件事，SKY到底来给我们讲什么？是来教我们打游戏的吗？我还跟SKY的助理交流过，是不是要挂个屏幕，找个学生，来和SKY对打一局呀？

此前，我带SKY去食堂吃饭，好几个女生斜着眼偷看我们，我估计不是在看我的。我在大学里行走了这么多年，第一次被这么多人偷看，还真有点骄傲。当然，我也知道，这和狐假虎威差不多。

在食堂晚餐的时候，我和SKY对面坐了个女老师，那女老师也一直盯着SKY看。我知道，中年女子特别喜欢这样的男士，既帅且年轻又文雅。我主动向她介绍，这是WCG的世界冠军。女老师非常震惊："什么？世界冠军呀！"SKY非常亲切地和女老师进行了交流，估计那女老师也没听懂他在说什么。

SKY告诉我，他在我们上海大学北门对面的锦秋花园住了很多年。我之前也听学生说起过，曾经见过SKY和他的战队成员在上海大学打篮球。

上海大学周边，是藏龙卧虎的风水宝地。除了SKY的战队之外，今天中国各地的马拉松比赛中，能够拿到冠军、亚军和季军的黑人选手们，绝大多数也住在上海大学西门外的聚丰园路上。我们平时在大学里看到的瘦瘦的黑人运动员，全是来自埃塞俄比亚、肯尼亚等非洲国家的优秀选手，他们几乎拿走了中国马拉松比赛的所有金牌。不知道大家是否知道，上海大学研究生、来自肯尼亚的留学生欧辰同学，是目前中国马拉松领域最著名的四大经纪人之一。之后的课堂上，我们会邀请欧辰来和大家做分享，敬请期待。

回到今天的主题，我们有请今天的课程嘉宾、中国电竞第一人、WCG世界冠军、钛度科技CEO SKY李晓峰，为我们带来他的主题分享——"我的游戏人生"。

17 电子竞技世界冠军来到大学课堂——当李晓峰成为SKY

李晓峰在上海大学"创业人生"课堂（2017年10月30日，黄瑞麟摄）

我的游戏人生

分享嘉宾：SKY 李晓峰

感谢刘老师，感谢上海大学的同学们！

在座的很多同学，有一部分人可能对我不是特别了解。刚刚有人过来跟我要签名时，就说：盖哥，上面请签个 keep your dreams 吧！

（全场哈哈大笑！）

这是我们 WE 战队的一个口号。

今天，很高兴能够来到上海大学。昨天，刚结束了 S7 的比赛，我相信大家一定会有很多问题问我。希望大家嘴下留情，我会尽力来回答。

我出生于1985年，从小就特别喜欢打游戏。我相信所有的80后，小时候都接触过游戏机、街机。我打游戏，是因为一个特别奇怪的理由。我

187

李晓峰在上海大学"创业人生"课堂上为同学签名

父亲在医院里面工作，在我们当地，他是非常潮的人，他听人说打游戏可以开发小孩子的智力，于是就给我买了一台当时很流行的红白机。有没有开发智力我不知道，但是喜欢游戏，就是从那个时候开始的。我从最开始接触到红白机到出入街机厅、网吧，以及早期的电脑房，慢慢地喜欢上"星际争霸"、"红色警戒"等一批老的游戏。

我出生在河南，家离登封少林寺很近。小时候，我学习成绩不好，沉迷于看金庸小说，一直梦想成为现实生活中的大侠。我特别想学家门口的其他小孩，跑到少林寺去学武。学好武术，学校里就没人敢欺负我了，可是我老爸不同意。

当"星际争霸"出现后，终于有了一个机会，我可以通过游戏的胜利，成为大侠，这让我兴奋不已。我很享受游戏带给我的快乐，同时，我也意识到，打游戏是我自己喜欢并且有能力做好的一件事。

每个人都有自己的宿命，当我有了在游戏世界中成为大侠的念头后，命运在那一刻被注定。1998年到2000年，电子竞技的大环境不好，一些DOTA明星出国打比赛，只能靠从地上捡烟头来提升自己的兴奋度。我在最穷的时候，一天花一块钱吃一个水煎包，硬撑着熬过来。

我的家境不好，父亲一个人的工资需要养活一家七口人，压力很大，所以，我父亲安排我上了洛阳医专，也就是现在的河南科技大学。他盼着我能早点毕业，多一份收入，补贴家用。可是那个时候，我对学医完全没有兴趣,唯一有兴趣的就是不断找机会去打比赛。

人生总是充满意外。从1998年到2004年的六年间,我吃过不少苦,今天不细讲,大家如果有兴趣,在网上都可以搜到。

2003年,我大专毕业。2004年,距离我1998年第一次玩"星际争霸"已经过去六年,我去了北京,加入名为Hunter的一家俱乐部,成为电子竞技职业选手。

去Hunter报名的时候,我的目标是希望加入"星际争霸"战队。当时,我的"星际争霸"最好成绩是全国第三。去之前,我还挺自信,觉得自己这么好的成绩,肯定能留下来。没料到,刚到俱乐部,老板就对我说,晓峰,你看看,我们训练室里坐的是谁?我一看,天哪,PG和何克,他们分别是2002年和2003年的"星际争霸"世界冠军。我当时心里就嘀咕,老板这是什么意思,难道是不要我了吗?当时,Hunter在"魔兽争霸3"项目上,一直招不到职业选手,老板听说我的"魔兽争霸3"最好成绩拿过亚洲服务器的前一千名,就建议我由"星际争霸"项目改为"魔兽争霸3"。

离开河南之前,我给我爸立军令状,一定要做出一番事业。既然来了,不能无功而返,我决定留下来试一试。没想到,就是这次转变,成就了今天的我。

加入俱乐部后,老板管吃管住,基本不发工资。我当时虽然很穷,但对工资真的不在乎。有机会实现梦想,是天底下最幸福的事。

2004年开始职业训练后,我每天最高训练量可以达到18—20个小时,差不多只睡4—6个小时。当时,每天都很兴奋,睡不着觉。训练累了,就趴在电脑桌上眯一会儿,醒了之后,接着训练。很快,我从亚洲服务器的前1 000名提升到前50名,已经可以在比赛中与韩国职业选手一争高下。我参加了几场中韩对抗赛,有胜有负。

Hunter俱乐部的职业生涯只持续了三个月。当时,国家体育总局出面,举办了一个名为CEG的比赛,Hunter的老板希望我能打赢比赛,从而

李晓峰在上海大学"创业人生"课堂上讲述《我的游戏人生》

进入体育总局的职业队。很可惜,我没有赢得比赛,老板和我解约。无奈之下,我离开北京,回到河南老家。

几个月之后,幸运地碰到我在WE俱乐部的合伙人、当年的老队长King裴乐。在他的邀请下,我加入了YolinY战队,和包括苏昊在内的中国最顶级的一批"魔兽争霸3"职业选手成为队友。

2004年,我们在WCG中国赛区中出线后,获得了去美国的参赛资格。那个年代的电竞职业选手,收入很低,没车没房,几乎没有任何积蓄,所以,你们可能很难想象,我们当时面临的最大挑战不是如何战胜对手,而是如何拿到美国签证。很遗憾,2004年,因为没有拿到美国签证,我们无法出国参赛。那年,苏昊的实力很强,完全有机会冲顶世界冠军。如果2004年他有机会出国参赛的话,很可能他就是中国第一个WCG世界冠军。

2005年,我再次杀入WCG中国赛区总决赛,并取得中国赛区第三名的成绩。我和中国赛区的第一名苏昊、第二名XiaoT,一起前往新加坡,参加WCG全球总决赛。

赛前,我根本没想过,自己会拿到冠军。一来,中国赛区前两名的实力比我强,在我看来,他们两人是世界冠军的最佳人选;二来,一大批韩国参赛队员的水平都非常高,面对他们,我确实没有必胜的把握。幸运的是,比赛中,我没有碰到一个韩国选手,而且我发挥得也不错,命运之神垂青于我,我成为WCG历史上第一个中国籍世界冠军。

回国后没多久,我参加了一个网上比赛,输给了一个美国职业运动员,那个人用一个"随机种族"就击败了我。赛后,他说了一段颇有嘲讽意味的话:"这就是我们今年的新科世界冠军呀?"

他的话虽然很刻薄,但也确实代表了当时很多人对我的基本看法。他们认为我纯粹是因为运气好,在比赛中没有遇到最强的韩国选手,所以才能拿到世界冠军。

我不想去争辩,职业选手嘛,只能靠成绩说话。在经历了短暂的低潮后,我迅速调整状态,全力备战2006年的WCG比赛。2006年WCG比赛的前三个月,我每天的训练总量恢复到18—20小时。2006年的WCG,无论是中国区决赛,还是在意大利的全球总决赛,对我来说,都相当不容易。经过一番波折,天道酬勤,我卫冕了世界冠军。2007年,我又一次获得亚军。因为连续三年两冠一亚的成绩,国内的电竞爱好者开始称我为"中国电竞第一人"。

每个电子竞技项目都有自己的生命周期,它不像传统体育项目,例如篮球、足球,项目规则可能一百年都不会有太大的变动。任何一款电竞游戏,寿命最长的也就15年,总会有没落的一天。

2011年,直觉告诉我,WCG可能办不下去了。我开始选择转型,周豪、裴乐和我开始接手WE俱乐部。若风、草莓、微笑、卷毛以及诺言,都曾经是WE俱乐部的成员,我是他们的教练兼领队。我们搬了四次家,从上海大学对面的锦秋花园搬到锦秋路上的其他公寓,再搬到上大路,然后又从上大路搬回锦秋路,一直住在上海大学周围,和上海大学有很深的

缘分。

2013年,我在昆山参加了最后一届WCG比赛,现场来了好几万名观众,盛况空前。那一届比赛之后,WCG停办了。我开始考虑,俱乐部之外,我还能做点什么?那也是我人生中比较迷茫的一个阶段,我现在的合伙人杨沛就在那个时候出现了。

杨沛之前也是电竞职业选手,后来进入了投行,他有丰富的管理和投融资经验。我们俩一拍即合,开始共同创业,成立了钛度科技。钛度科技是为电子竞技爱好者打造专业游戏设备的一家公司,我们希望成为中国的"雷蛇",或者电竞领域的"罗技"。

2012年,我把自己之前的经历写成一本书——《当李晓峰成为SKY》。未来,如果可以在商业或者创业领域取得一番成就,我希望再写一本书,书名就叫《当SKY变回李晓峰》。

谢谢大家!

李晓峰在上海大学"创业人生"课堂(2017年10月30日,黄瑞麟摄)

来自WCG世界冠军李晓峰的经验

刘寅斌主题陈述：

从一个普通的县城少年，成长为世界冠军，再到今天的互联网创业者，在李晓峰身上，闪烁着很多耀眼的光芒。

经验一　父母的任何一个小举动，都可能影响孩子的一生。

李晓峰的父亲是县城里的一名普通医生，听说打游戏能锻炼孩子的智力，就给童年时代的李晓峰买了一台红白机。从那一刻起，李晓峰爱上了游戏，并和游戏结下不解之缘。

经验二　为人父母，请一定小心翼翼地呵护每个小小的童年梦想。

陪孩子一起，找到一个他热爱并擅长的领域，这会让孩子受益终生。"我家离少林寺很近，从小，我就想跟其他小孩一样，跑到少林寺去学武。当时想着，学好武术，就没人敢欺负我了。"李晓峰说，"但是我爸爸不同意。那时，我学习成绩不好，沉迷于金庸的武侠小说，一直梦想着有一天，能成为现实生活中的大侠。"

当"星际争霸"（一款互联网游戏）出现后，李晓峰终于有机会成为现实生活中的"大侠"。李晓峰说："每个人都有自己的宿命，当我终于有机会在游戏世界中击败对手，成为别人心目中的大侠时，我的命运在那一刻就被注定。为了在游戏世界中，击败对手，取得胜利，我可以不顾一切。"

在李晓峰爱上游戏，开始参加电子竞技的那些年，中国的电子竞技环境还非常差。"1998年到2000年的时候，一些DOTA明星出国打比赛，穷得没办法，就从地上捡烟头，吸两口，借此提升自己的兴奋程度。"李晓峰说，"我自己那时候也挺穷，一天花一块钱吃一个水煎包，就这样硬撑着走过来。"

聚丰园路是一条快乐的街道

2005年的WCG决赛，让李晓峰一举成名。在那一刻，那个曾经渴望成为"大侠"的少年，终于站到世界之巅，成为真正的天下第一高手。

李晓峰在上海大学"创业人生"课堂上与本书作者合影

经验三：通过某个领域的高强度训练和钻研达到较高甚至最高水平，所形成的学习能力和意志力，会让孩子在其他领域同样受益终生。

在两个半小时的分享中，最让我惊诧的是：当李晓峰谈论他的创业项目和公司时，从对用户的洞察，到对互联网行业的认知，乃至供应链的管理，他完完全全是一个成熟的互联网创业者。更严格地说，李晓峰在创业领域的专业水平，已经超过众多只会追风口的创业者。

现场一位同学向李晓峰提问，电子竞技给他留下了哪些优秀的品质，让他在转型之后还能如此成功？

李晓峰的回答非常直接："真的没有太多帮助。难道因为我是电竞世界冠军，创业就会容易一些吗？如果是这样的话，传统体育领域那么多的世界冠军不都去创业了吗？事实上，传统体育领域里很多的奥运冠军，从结果来看，也就只有李宁把公司做得比较像样。"

李晓峰后面的回答更有意思。"电竞和创业的思考方式完全不同。对创业来说，电竞唯一有用的可能就是我比大多数人更能吃苦。"在电竞训练的初期，李晓峰常常每天训练18—20个小时，困了就在电脑桌上趴着眯一会儿，醒来立即就投入训练状态。"正因为我曾经历过强度非常高的训练，所以，在创业时，我不会觉得精神有多苦，也不会觉得体力上有多累。创业对我来说，无论多么辛苦，似乎都赶不上当年电竞训练的强度。"

"另外，创业对我而言，是一个重新学习的过程。我必须强迫自己不断地学习，不断地迅速成长。只有自己成长得足够快，我才能带好团队，才能经营好公司。"李晓峰说。

在电子竞技领域，到达世界巅峰所需要的意志力和学习能力，已经渗透到李晓峰的骨髓中，成为他的一种生存本能。这种本能，只有在某个领域达到顶峰的人才可能具备。

经验四：越强大越低调，越低调越迷人，越迷人越成功。

李晓峰来学校做分享，非常低调，极为谦虚。当天下午，我们一起在食堂吃饭，李晓峰实在太帅了，同饭桌的一位中年女老师对他产生了强烈的兴趣，主动和他聊起来。我告诉女老师，李晓峰是电竞领域的世界冠军。那女老师没太搞明白什么是电竞，问了李晓峰一大堆问题。李晓峰顾不上吃饭，非常认真地逐一作答。

课堂上，面对潮水般涌来的同学们，李晓峰始终笑容满面，非常热情。课程结束后，李晓峰和他的伙伴们，走到地铁站，乘坐地铁回家。一个学生骑着自行车狂追到地铁站，在地铁门口，终于如愿以偿地和李晓峰拍了一张合影。

经验5：性格决定命运。没有狼一样的血性，哪有成功的可能？

我向李晓峰提问："从一个喜欢游戏的懵懂少年，到顶级的电竞职业选

手,再到钛度科技创始人,到底是一些什么样的东西,在驱动着你前进?"

李晓峰回答:"一直以来,驱动我前进的主要动力,就是性格。我从小性格倔强,一旦认定一件事情,就会一直做下去。小时候,我生活在一个小县城,生活环境决定了我不可能有太多高大的不切实际的志向。"

"我从小和父母的沟通不多,我父亲一个人上班,他的压力非常大。自从我开始打职业比赛后,一方面为了荣誉,另一方面比较实际的就是为了奖金。电竞比赛奖金对我来说,非常重要,我想帮我父亲,帮我的家人,分担生活压力,我也想继续努力,维持我自己的梦想。说句不开玩笑的话,打职业比赛后,我的梦想就是,什么时候赚够三万元,我就可以回家买台电脑,永远地玩游戏了。今天,这个梦想听起来很可笑,可是当我的视野只有这么大的时候,我能看到的就只有这些。"

当李晓峰真正获得三万元奖金,当他获得世界冠军的时候,开始有更多的人来帮助他,他也开始看到更广阔的世界,学到更多的东西,而这些东西都推动他继续走了下去。

李晓峰说:"最初是性格使然,后来是为了荣誉,再后来是为了奖金,紧接着,我开始越来越享受电子竞技带给我的快乐,我开始努力帮助其他年轻人实现他们在电子竞技领域的梦想。一步一步,不自觉地,我就走到了今天。"

所有的努力都可能白费,是的,有可能!
所有的成功都容易失去,是的,容易失去!
自己喜欢,才是人生!
唯进步,不止步!
谢谢李晓峰!

三言两语的题外话

Magina

感谢刘老师，感谢"创业人生"课堂，感谢上海大学能够让我见到从小就崇拜的偶像。我真正了解游戏，是在2010年、2011年，那时我在念初中，SKY在职业电竞道路上早已功成名就。第一次看到SKY夺冠的场景，至今让我震撼不已。一直被家人称为"玩物丧志"的电子游戏也能登上世界舞台，电竞选手也能像奥运会运动员一样，在全世界面前挥扬五星红旗。看着SKY比赛的录像，我第一次觉得"魔兽争霸3"不仅仅只是一个游戏，种种战术有条不紊地进行，这就是一场活生生的战争。在魔兽电竞迷心中，SKY就是一个传说。我非常享受游戏中的输赢，那挑战自己反应速度和思维极限的战斗，一次次心理博弈与运气相结合的过程，令我欲罢不能。我看着那些传说中的人物，SKY也好，酒神也好，我是多么渴望能踏上职业电竞道路。哪怕打不出成绩，但也能让我的生活充满激情与热血，而不是渐渐被时间消磨得只留下那看似成熟稳重的外表。从最早几乎所有长辈都会唾弃的电子游戏，到渐渐有人知道SKY为中国夺得了第一个"魔兽争霸"世界冠军，以及TI、LPL等大型赛事的举办，我坚信，在未来，电子竞技会像篮球、足球一样，成为很多人生活的一部分，而不是被视为洪水猛兽。而这一切的起点，是在十多年前电子竞技不被任何人看好的年代，由SKY这样的前辈用一腔热血、一股拼劲和破釜沉舟的执着铸造的。

聚丰园路是一条快乐的街道

三言两语的题外话

孟瑶　每个人都有自己的宿命，当SKY有了在游戏世界中成为大侠的愿望时，他的命运在那一刻就被注定。这是他从小就喜欢做的事情，只有喜欢的事情才可能做到极致。也只有做到极致，投入比别人多得多的时间和精力，距离成功才能更进一步。

金天梦　很荣幸，SKY回答了我的问题。他说，因为他的偏执，因为他不在意外界的声音，所以他能走上职业电竞的道路。事实证明，对他来说，这是正确的选择。我一直以为偏执是一个贬义词，然而，有时候，正是因为某些偏执、某些执着，才成就了未来。我从不玩游戏，所以课堂上SKY讲的话，我听得一知半解。我想，课堂上的我和身边的韩国同学的感受是一样的吧？虽然我们都不太明白SKY说了些什么，但当SKY回忆自己的青春时，我们都能感受到SKY那一腔的热血，我们都被深深感动了，这可能也是韩国同学虽然听不太懂中文，依然能和我们一起笑的原因吧？

三言两语的题外话

Mr. K

10岁的时候,家里两个哥哥有一台电脑,从小跟着他们玩,他们打游戏我就在旁边看,虽然很多东西还看不太明白,但是我能知道,谁占上风,谁干了什么。受哥哥们的影响,跟着他们看SKY的比赛,他们很喜欢SKY,因为"人皇"的原因,他们在"魔兽争霸3"中一直坚持打人族,从没变过,仿佛SKY就是人族的领袖。我从那时起,开始关注SKY。他代表着一代人的青春,他是带领中国电竞走向世界的人。今天,如此近距离地接触他,真是太幸运了。李晓峰的演讲给我的印象特别深,我第一反应是如果你不知道他以前是打游戏的电竞人出身,你会以为他是一个在商业方面很出彩的人而且口才也很棒!亲和、随性、流畅、思路清晰、表达清楚、有广度、有深度,最后还不时带有一点幽默,这些都成为他的新标签,这是10年过后,他让我更佩服的地方。从职业电竞选手到企业家的转型,对于SKY来说,是人生中的一次大的转变。他说,他会继续为电竞产业服务,会尽自己的所能,为行业的发展做出贡献。每个优秀的企业家内心都有一颗改变世界的心,李晓峰也是如此。我们所有人都相信:SKY会再次变成李晓峰。

聚丰园路是一条快乐的街道

三言两语的题外话

夏蕾 作为一个只玩开心消消乐的女生,好多专业游戏术语都听不懂,但是SKY还是知道的。以前只知道他是电竞高手,上了这节课,发现他也是很亲切的人。我注意到,他在走廊上向各个方向的同学们都鞠了躬。这节课让我印象深刻的还有SKY的两句话:一是你站立的高度决定视野的高度;二是愿你们在未来的每个日子里都能翩翩起舞。

Victor 我在锦秋住了七年,居然从没遇到,难过。

夏雯雯 从小受家庭教育的影响,我对打游戏存在严重偏见。后来进了大学,接触到更广阔的世界和多样的言论观点,至少明白判断一件事,第一要放平心态,第二要尽量收集信息,把事情弄清楚,第三有自己的立场可以和别人交流,但不能强求别人接受。

在那一天的课堂上,亲眼目睹了在场的多数同学对游戏、电竞和李晓峰的那份感情,遗憾自己无法体会。

坚持做一件事的动力,一般是比较明确的收益,但在没有机会接触明确收益期望的时候,唯有真正喜欢,是另外一种更为持久的动力。做自己真正喜欢的事情是快乐的,这可能也是人生最重要的收益吧?

18 那些人到中年才明白爱的人

已经不是那个人了

挚友Z君，20世纪90年代末大学毕业，2000年赴美留学，某飞机制造公司工程师。2018年的一天，Z君发来微信说，上周末在西雅图机场，偶遇二十多年音信全无的大学时代初恋女友。

我："是她吗？"

Z君："百分百确定。"

我："然后呢？"

Z君："逆向而行，目送她远去。"

我："为什么不追上去？"

Z君："算了，已经不是那个人了。"

随后，Z君给我发来一首张雨生的歌《一天到晚游泳的鱼》："一天到晚游泳的鱼啊，鱼不停游，一天到晚想你的人啊，爱不停休。从来不想回头，不问天长地久，因为我的爱，覆水难收。……沧海多么辽阔，再也不能回首，只要你心里永远留我。"

聚丰园路是一条快乐的街道

20年后，再来找我吧！

20世纪90年代，L君和W君曾就读于某985高校。大学毕业后，赶上第一轮互联网创业高潮，两人共同创业，之后，遭遇互联网泡沫破灭，创业失败。L君心灰意冷，出国念书；W君另辟蹊径，南下深圳，从普通技术员起步，重新开始。如今，L君任职于某高校，W君则是某大型民营集团的董事长。

2017年初，W君邀请L君和他一起去一趟温哥华。

L君："何故？"

W君："见一故人。"

L君："何故人？"

W君："昔日情人。"

L君："为何还要再见？"

W君："毕业那年，在首都机场，送她去美国，泪雨滂沱。她说，千山万水，永生难见，不必再联系。我点头同意。登机前，她突然转身说，如果20年后，你还记得我，来找我吧！此后20年，我从未找过她，她也没找过我。我只是在一次聚会上，听她的同学说起，她结了婚，嫁了人，去了加拿大。"

L君："怎么会突然想起她？"

W君："20年了，时时想起。"

2017年夏天，L君和W君飞往温哥华。飞行途中，W君谈笑自若，风轻云淡。飞机一落地，W君开始忐忑不安，下了很大决心，才走出机场。L君这时才知道，W君只是找到昔日女友的电话和住址，行前并未联系过对方。

L君转述了W君给女友打电话的情形。

电话铃响起……

女友热情地接电话:"Hello……"

W君很沉稳:"喂~"

女友非常客气:"您好,请问您是?"

W君深呼吸:"我是W。"

电话那头静默了大约一分钟。

女友的声音变得很冷,没有了温度:"你在哪儿?"

W君:"我在温哥华。"

女友:"嗯……你想做什么?"

W君:"我想见你,还记得那年在机场,你答应过我的20年之约吗?"

女友:"我不记得了。"

W君:"那我能见你吗?"

女友:"不能。我有自己的生活,不想被打扰,我也不想见你。如果你是专程飞来温哥华见我,我想对你说,谢谢。如果你还念及旧情,我想请你帮我一个忙。"

W君:"请讲。"

女友:"别来找我,也别再这样突然来电话,好吗?"

W君:"好的!"

女友:"你能答应我说到做到吗?"

W君:"我从来没有骗过你。"

女友:"谢谢。"

W君:"不用谢。"

女友:"Bye bye."

W君:"再见。"

就这样,W君挂了电话。

身旁的L君跳了起来:"走,我们去找她!又不是没有地址,开车到她家门口,喊她出来!"大学时代,正是L君陪着W君,在女生宿舍楼下高喊女友的名字,女友被逼无奈,出来见了W君,也才有了这一段大学

聚丰园路是一条快乐的街道

恋情。

"算了。"W君说。

当晚,W君和L君去了温哥华的一个酒吧。喝酒间隙,L君找到酒吧老板,请求老板播放了一首歌曲——《爱我》的MV,并投放在酒吧的小屏幕上。

这是初音未来2013年在台北演唱会上的最后一首歌曲,全场观众跟着初音未来一起高唱:"爱我……爱我……爱我。"

在歌声中,W君泪如雨下。

莫斯科机场的红汽车

小D任职于某互联网公司广州分公司,在澳大利亚读研究生时,曾和一位俄罗斯姑娘谈了一年多的恋爱。2007年毕业后,小D回到广州,俄罗斯姑娘去了莫斯科。刚开始,他们每天通过Skype联系,半年后,两人都觉得,再也没有可聊的话题,那就分手吧。

小D很快有了新的女朋友。公司的竞争大,生活的压力也大,俄罗斯姑娘慢慢地被尘封在记忆中。

2017年,小D和同事去法兰克福参加一个展会,公司行政安排机票的时候,图省钱,给他们买了经莫斯科转机前往法兰克福的机票。

小D说,在得知要从莫斯科转机时,他除了和同事一起咒骂行政之外,并没想到当年的俄罗斯姑娘。直到飞机落地,踏入莫斯科机场那一瞬间,欢快的俄罗斯民间音乐让他一下子想起她。

小D在莫斯科机场的停留时间只有5个小时。他立刻登录Facebook,输入俄罗斯女孩的全名。这是十年来,他第一次主动找她。搜索结果出来三个人,一看地址位置标注莫斯科的那个,他就认出她来。

"她开了一家旅行社,介绍中有旅行社的电话。我试着打了过去,没费任何周折,她的同事接了电话后,把电话交给了她。"小D说。

电话那头,俄罗斯姑娘听到小D的名字后,兴奋得语无伦次:"什么?转机?只有5个小时!告诉我你的手机号码,开着手机,别关机,等着我,我去见你。"

还没等小D说完,俄罗斯姑娘已经挂断电话。在小D焦急的等待中,一个半小时后,俄罗斯姑娘来电话了。她边说边哭:"亲爱的D,我已经到机场。我用了所有的办法,还是不能进候机楼,请你原谅我。"

小D只能不停地说:"没关系,真的没关系。"

突然,俄罗斯姑娘问:"亲爱的D,你能看到外面吗?"

"能!"小D不知道她要干什么。

俄罗斯姑娘说:"外面能看到什么?"

"大桥,高架桥,上面有各种各样的汽车!"

俄罗斯姑娘说,"你等我,开着手机,不要关机。"

20分钟后,俄罗斯姑娘来电话:"亲爱的D,我现在在桥上,不知道是不是你看到的那座桥。我开着一辆红色的汽车,围着莫斯科机场一直绕圈,直到你离开。你只要看见红色的汽车,那就是我。"

小D拿着电话,贴着莫斯科机场的玻璃窗,在高架上飞驰的车辆中寻找着红色的汽车。

小D登机时,俄罗斯姑娘对他说:"Dear D, I love you."

我问小D,你说"I love you"了吗?

小D腼腆地笑笑:"没有。再见的时候,我只说了一句,Thank you。"

爱是需要学习的

最近,美国的Z君、北京的L君都曾问过我,老刘,你这一两年变化很大呀,为什么?

2016年12月,我的女儿刘小师出生。现在,刘小师17个月大。我最喜欢的事情,就是陪在刘小师身边,她就是我的小情人。有了刘小师,我

聚丰园路是一条快乐的街道

宛若新生,开始新的采访项目,开始乐此不疲地工作,开始拒绝不必要的邀约和聚会。时间很宝贵,必须给最爱的人,我要陪着她一起长大。

自从有了刘小师,我开始意识到,我要重新学习,如何认真地爱一个人。爱是需要学习的。

故事后的故事

文中所有内容,已经得到Z君、L君、W君和小D的授权。

Z君说:"不必提我的公司,如果非要说,就说我是美国某著名飞机制造公司的资深工程师。"哈哈哈哈!我啥也没说,美国某著名飞机制造公司!

几年前,经L君介绍,我认识了W君,彼此成为好朋友。

W君说:"从温哥华回来的时候,我就释然了。其实,我想见的只是我自己的青春,不是她。她比我聪明,也比我冷静,早就看透了这一层。所以,真要是见了,指不定多失望呢?"

L君补充说:"别提'失望'这词,一提,我就生气。从温哥华回国的飞机上,W君问我,你有啥想见的人吗?如果做得到,我来帮你实现。我告诉他,从大学一年级开始,我就特别喜欢香港的某位玉女明星,一直念念不忘。本来就是一说,没承想,从温哥华回来不到两个月,W君来电话问我,周末有没有时间跟他飞一趟香港。我哪像他那么有空呀,我的周末都是在外飞来飞去讲课,直接拒了他。没想到,他说,你不是一直对那位玉女明星念念不忘吗?我已经通过香港的朋友约到她,转告她,有位大陆的知名教授是您多年的铁杆粉丝,一生最大的梦想就是想见见您。我当时就傻了,这有钱人的世界真不好理解呀。我就问W君,然后呢?W君说,他已经约好,周六下午,在香港一起喝下午茶,问我去还是不去?给个痛快话。我还能有什么选择吗?当然是去啦!推掉工作,也得去呀!"

我若有所悟:"哈哈,前段时间,你在微信上晒的和明星喝下午茶,原来是这么个背景呀！见面会，满意吗？"

L君说："说实话，太失望了，真糟心呀。不是人家明星不好，人家很好，很严肃、很认真地对待我的到访，还特意准备了礼物和签名照片。当然，我也准备了礼物。失望的原因在于，和偶像见面后，梦幻破灭的感觉非常糟糕，感觉整个青春都毁了。"

W君在旁边，哈哈大笑，指着L君说："就你个怂货，还敢说我怂。在温哥华，幸亏没听你的。"

L君说："我早就知道了，你是成心害我。喝酒！"

那时我们有梦
关于文学，关于爱情
关于穿越世界的旅行
如今我们深夜饮酒
杯子碰到一起
都是梦破碎的声音

——北岛《波兰来客》

三言两语的题外话

Heidi：不曾挥霍过的青春最苍白。青春一过，内心结痂，再难用真心换感动。人的一生，最终剩下的只有我们的体验，不拿真心去品，就不会有发自内心的感动。看着自己挥霍的青春，是沉甸甸的满足，于是激励自己更加爱那些应该爱的人。

Sugar & Co：幸运的是，我们最终都学会在各种各样的爱情里成长，有多深情，就有多成熟。

聚丰园路是一条快乐的街道

三言两语的题外话

hqm666　"我不记得了"……她一定还记得,只是不能想。

Silver　我想起夕阳里的奔跑,那是我们逝去的青春!

可乐一周　相濡以沫,不如相忘于江湖,互相安好就好。谁没在年少的时候,傻傻地疯狂过呢?

玉　终于明白,那些爱真实得让现在的自己心痛。

姐姐　除了文字,还有选择的音乐,搭配得有滋味,我看的故事慢慢变成一个小电影了。

蒋志刚　过去了,爱一个人就变自己的事情,跟任何人无关咯。

龙龙　爱是刹那,也是永恒。爱是本能,也是练习。

后　记

对聚丰园路上普通人物的采访，本来是一个简单的个人爱好。但是，在和顾骏教授、顾晓英研究员的"大国方略"课程相遇后，它从我的个人爱好，逐步变成一个团队项目，直至最后，它变成了这样一本书。

2014年11月，顾骏教授、顾晓英研究员在上海大学首开"大国方略"课程，引起巨大轰动。180人的教室，座无虚席，每每有学生席地而坐。更有甚者，数十名上大附中的学生曾多次前来旁听。2016年11月，顾骏教授、顾晓英研究员和我，共同开设了"大国方略"的系列课程——"创业人生"。"创业人生"延续了"大国方略"的优势，每学期的选课都"人满为患"。在参与"大国方略"课程期间，我偶尔提起我在聚丰园路上进行的人物采访，顾晓英研究员向我建议，能否将聚丰园路的人物采访作为"大国方略"课程组的一个子项目，并将参加过"大国方略"和"创业人生"课程的部分优秀学生纳入到项目中来。

"大国方略"系列课程旨在引领学生认清世界发展大势，以世界眼光，坚定对中国发展的道路自信、理论自信、制度自信和文化自信。聚丰园路，是一条普通的街道，更是当代社会中国的一个缩影。聚丰园路上的每一个人，既是这个大时代的见证者，更是它的参与者。他们的柴米油盐，

聚丰园路是一条快乐的街道

是国家经济最真实的晴雨表;他们的悲欢离合,是国民幸福最具体的表征。当我和学生们深入街区,和一个个普通人对话的时候,我们发现,几乎我们身边的每一个人都是一本书,几乎每一个人都是一个精彩的故事。

我的学生胡莹莹和徐嘉晨曾经采访过聚丰园路上一家奶茶店的营业员,那个刚满18岁的小姑娘,13岁离开河南老家,出外打工。五年期间,她先后去过三个城市,教过溜冰,学过化妆,进过工厂。当我第一次看到学生们的采访稿时,心里一震。在过去五年多的时间中,"奶茶妹妹"经历过什么?她的日常生活是怎样度过的?一个月3 000元的工资,在上海这个城市中生活,够用吗?遇到困难,她曾向谁求援?碰到难题,她会向谁请教?她遇到过坏人吗?一路走来,那么多的沟沟坎坎,一个小女孩该怎么应对?不要说十多岁的小姑娘,我分明记得,自己二十多岁闯天下的时候,虽然表面强硬,内心依然怕得要死。我向莹莹、嘉晨建议,对"奶茶妹妹"再做一次更深入的访谈。莹莹告诉我,老师,"奶茶妹妹"回复说,她今晚在KTV唱歌,玩通宵,让我明天再去找她。当我们正准备以悲情的眼光去看待一个18岁小姑娘的人生时,人家正在KTV里快乐地歌唱!这个世界,我们彼此了解得太少太少。

我和一名学生曾去聚丰园路西头的寺庙拜访,住持留下我的名片后,非常和气地告诉我,等忙过这段时间,会给我打电话的。此后,住持再没有来过电话。学生不解,问我,老师,出家人不打诳语,怎么住持说话会不算数呢?我给学生讲了一个故事。若干年前,我在蒙特利尔,曾和朋友们一起去教堂,与教堂的牧师相谈甚欢,牧师让我留下电话,说下周会联系我。你肯定猜到结果了,是的,牧师没有打来电话。其实,住持说要给我来电话时,我脑子里真的浮现出蒙特利尔牧师的样子。他们都很和蔼,当然,他们都没有守约。学生问我,老师,您想告诉我们什么?我只想告诉他们我曾经历过的一个事实。这个事实,既不构成经验,也不是什么有价值的知识。不过,正是这些过往的经历,我在第一次见到住持的时候,就知道,他和我们一样是普通人,所以,他当然也会忘记一些事情。

当然，更有可能的是，我们的采访，在他看来，实在太不重要了。在采访中，我们当然会被拒绝，会被遗忘，会被忽视，而这，不正是生活的一部分吗？

我们曾采访过上海大学一位名叫欧辰的肯尼亚研究生，这个说着一口流利中文的黑人留学生，是中国马拉松行业著名的经纪人。在过去几年，他组织过众多来自肯尼亚、埃塞俄比亚的优秀马拉松运动员，来中国"淘金"。这些黑人运动员在华期间，就住在聚丰园路上，而上海大学的操场就是他们的训练基地。学生们惊叹："老师，我经常见到一群黑人运动员在学校里训练，没想到他们就是在中国马拉松项目拿金牌的那些人。"我甚至还邀请了好几位黑人马拉松选手来家里做客，他们特别喜欢吃饺子，但在喝乌龙茶的时候，明显露出痛苦的表情。

聚丰园路上有意思的事情，有意思的人，实在太多了。因为篇幅的原因，很多采访稿没有纳入书中，如果你有兴趣，可以在微信公众号"阅微草堂"（id: caogentangzhuren）读到更多的内容。我的采访还在继续，如果这本书能受到大家的欢迎，也许再过一年或者两年，我会再写一本。

特别感谢上海大学出版社的傅玉芳老师，傅老师的专业性和认真劲，成就了这本书。这本书里如果有瑕疵，那肯定是我的问题；如果您还觉得不错，那主要得归功于傅老师和上海大学出版社的朋友们。

好朋友陈然曾专程开车，在一个雨天，带着我在聚丰园路上兜了一圈，他几乎知道这条街上每一家商店的历史。摄影师朋友肖江大清早就开着车来到聚丰园路上拍照片，他是我见过的最好的摄影师，没有之一。学生夏蓓在书稿校对阶段，付出很多心血。

最后，我想请大家听听，和我一起做采访的孩子们，他们在说些什么？

陈小一，上海电影学院广播电视编导2014级本科生　心之所向，素履以往。在年轻的时候，做自己喜欢的和想做的事情，不在乎艰难险阻，只愿心满意足。岁月静好，便一切都好。

聚丰园路是一条快乐的街道

徐辛夷，上海大学管理学院2015级本科生　我们这些努力不简单。

郭超琼，上海大学建筑系2014级本科生　喜欢设计，喜欢文字，更喜欢好奇地去发现世界的精彩。

袁晟玥，上海大学经济学院2015级本科生　因为人行走在时光里，才有了时间。

徐嘉晨，上海大学土木工程系2013级本科生　生命出现裂缝，阳光才能透进来。

胡莹莹，上海大学英语专业2014级本科生　我喜欢飞行，喜欢在路上的感觉，喜欢一不小心就到达的下一站。希望有配得上年轻的热爱、努力、胆量。

孙韵涵，上海大学汉语言文学2013级本科生　时间终究会落在地上，而果实将会穿过它向上生长。

刘倩，上海大学经济学院2014级本科生　谋生亦谋爱。

赵芮，上海大学经济学院2014级本科生　非典型大学生，还算聪明，但各商堪忧；懒散，但爱运动；不帅不酷，好在心大；爱看书，是学渣一枚。一个看起来像神经病，但本质上确实是神经病的非典型95后男青年。夜观天象，推算出这辈子大概能成为大家波澜不惊的回忆里一枚闪闪发亮的神经病。如果想看青年才俊的反面教材，他简直不能更适合。

黄滢，上海大学法学院2015级本科生　始于颜值，陷于才华，忠于人品。

刘鑫，上海大学法学院2013级本科生　青春虽短，但人生很长，好的事情值得以青春相搏，以时间相待。

施晓文，上海大学经济学院2014级本科生　生在这座城市，我只想成为赢家。那先给自己定个目标：三十岁要有房有车吧。

刘寅斌

2018年8月，于上海聚丰园路学林苑